REPATRIAÇÃO

ÈVE GUERRA

Repatriação

Tradução
Diogo Cardoso

Companhia das Letras

Copyright © 2024 by Éditions Grasset & Fasquelle

Cet ouvrage, publié dans le cadre du Programme d'Aide à la Publication 2024 Atlantique Noir de l'Ambassade de France au Brésil et de la Saison France-Brésil 2025, bénéficie du soutien des Programmes d'Aide à la Publication de l'Institut Français ainsi que du soutien du Ministère de l'Europe et des Affaires Etrangères.

Este livro, publicado no âmbito do Programa de Apoio à Publicação 2024 Atlântico Negro da Embaixada da França no Brasil e da Temporada Brasil França 2025, contou com o apoio à publicação do Institut Français assim como com o apoio do Ministério da Europa e das Relações Exteriores.

Grafia atualizada segundo o Acordo Ortográfico da Língua Portuguesa de 1990, que entrou em vigor no Brasil em 2009.

Título original
Rapatriement

Capa
Oga Mendonça

Preparação
Raíssa Furlanetto

Revisão
Carmen T. S. Costa
Thaís Totino Richter

Dados Internacionais de Catalogação na Publicação (CIP)
(Câmara Brasileira do Livro, SP, Brasil)

Guerra, Ève
　　Repatriação / Ève Guerra ; tradução Diogo Cardoso. — 1ª ed. — São Paulo : Companhia das Letras, 2025.

　　Título original: Rapatriement.
　　ISBN 978-85-359-4073-2

　　1. Ficção francesa I. Título.

25-259859 　　　　　　　　　　　　　　　　CDD-843

Índice para catálogo sistemático:
1. Ficção : Literatura francesa 843

Aline Graziele Benitez – Bibliotecária – CRB-1/3129

Todos os direitos desta edição reservados à
EDITORA SCHWARCZ S.A.
Rua Bandeira Paulista, 702, cj. 32
04532-002 — São Paulo — SP
Telefone: (11) 3707-3500
www.companhiadasletras.com.br
www.blogdacompanhia.com.br
facebook.com/companhiadasletras
instagram.com/companhiadasletras
x.com/cialetras

A Luc Guerra,
meu pai

Tudo é realidade e metáfora.
Cristina Campo

Εἴθε μήποτε γνοίης ὃς εἶ.
(*Que jamais possas saber quem és!*)
Sófocles, *Édipo rei*

Eu colhi essa haste de urze
O outono morreu lembre-se disso
Já não nos encontraremos nessa terra
Aroma do tempo haste de urze
E lembre-se de que te espero.
Apollinaire, "O adeus"

1.

Ele morreu naquele dia, quando a luz do jardim atravessava a porta de vidro. Era um dia ensolarado e minhas mãos nos dicionários, virando as páginas como a paisagem, saindo de um cômodo para entrar em outro, a sala de concurso no andar de cima e o espaço das cartas. Minhas mãos percorrem a escada e as fileiras de cadeiras, um dois três quatro livros enchendo os braços, e o ruído das portas que empurro com as costas, as portas que batem como os envelopes e os livros jogados na mesa. Ele morreu na ponta de um lápis que quebra, tendo a feitiçaria das palavras como rival: eu me lembro.

Abri o e-mail e deixei a sala, desci os degraus e atravessei o pórtico

— Senhora?

as portas batentes abertas, o frio azul aberto

— Você vai fazer o empréstimo?

a cidade das bolsas a tiracolo, das mochilas

— Você vai fazer o empréstimo desse livro?

que correm e se enfiam no bonde.

Larguei o livro e passei por três degraus com bitucas amassadas, pela faixa de pedestres, pela rua da biblioteca Denis Diderot inteira até a entrada de um *call box*

— Dá para telefonar aqui, dá para telefonar?

— Sim sim, cabine número três

limpei o telefone, disquei o número

"Anna,

desliguei

segui no meio de dois carros e um que freia,

seu pai morreu."

— Tá vermelho, porra, tá vermelho! Não tá vendo que tá vermelho?

no carro estacionado a vinte centímetros e o asfalto debaixo dos meus pés

— Seu doente!

Era abril em maio na grande avenida, a da biblioteca, a do bonde no sentido da universidade, quando escutei a voz da minha tia e do meu tio me avisando, antes de eu desligar, para carregar meu celular, para ligar para eles com urgência. Era abril em maio na linha B do metrô lotado, e naquele banco onde peguei meu cartão.

SOMENTE
valor inferior a vinte euros

Tirei uma nota de dez. Um homem estava me observando. Fiz sinal de que estava tudo bem e segurei a porta do bar-tabacaria na Place Jean-Macé. Não dava mais para ver os clientes de fora, só era possível perceber as silhuetas, a caixa cinza. Entreguei a nota e peguei o tíquete, pedi para carregar o celular um pouco

— Aqui?
— Melhor na do fundo, essa não tá funcionando.

O celular ligado na tomada perto das mesas cheirando a cerveja, vinho branco, Picon, olhei a cidade e minhas mãos, o pedaço de papel, a cidade pelas vidraças coloridas, olhei minhas mãos que estavam tremendo

12 mensagens

ao longo dos trilhos do bonde e da ruazinha, perto do cais da universidade, o outro bonde, T2, depois o Rhône, suas escunas moventes e tudo quanto Lyon tem de gente e de noites arranjadas, os estudantes amontoados nos gramados, latas de cerveja e pacotes de tabaco nas mãos, o filtro preso nos lábios: percorri a ponte esmeralda

Quai Gailleton

as lojas com vitrines limpas

percorri o rio Saône

uma ponte vermelha

a igreja Saint-Georges

os paralelepípedos da Place Saint-Jean, a entrada da catedral, sua porta vermelha pintada em madeira pesada e as fileiras de cadeiras, o altar com a madona, seu rosto inclinado abaixo do Cristo, em que todos os círios caíam com o bater das portas.

— Eu matei meu pai — disse a um senhor idoso que estava purgando os cadáveres deles, e estendeu o ouvido.

— Desculpa?

— Acho que matei meu pai.

— Desculpa, não consigo escutar, não consigo escutar. Agora não tem ninguém aqui para te ajudar. Volte à noite.

Ele vasculhou seus bolsos.

— Não consigo escutar, moça, me desculpe, me desculpe mesmo, mas não consigo escutar. Estou sem meu aparelho. Você está bem? Volte, volte amanhã. Amanhã às onze horas, vai ter alguém. Ou... você consegue chegar em Fourvière? Você pega o funicular, você pega ele ali, são mais ou menos duas paradas.

Ele esfregou o alto da testa com os dedos da mão direita, como se estivesse procurando alguma coisa na cabeça, arrastava seus pés na igreja em direção às portas da frente, e pegou em meu braço para acompanhá-lo até o lado de fora
— Ali, bem à direita na praça, está vendo? Você está vendo? Tem o metrô lá embaixo, e o funicular é bem ali.
Ele aproximou o seu rosto do meu para ver melhor meus olhos perdidos no vazio e segurou meus braços com as duas mãos.
— Você está bem, menina? Vai ter alguém em Fourvière, tenho certeza. Lá mesmo, agora. Vá para Fourvière, vá agora, você vai encontrar alguém.

Uma bicicleta passou no átrio. Eu virei na Place Saint-Jean e, com meus pés e minhas mãos aos farrapos nos degraus, nos paralelepípedos, peguei meu celular e digitei os números do cartão pré-pago
— Ninguém tá conseguindo te encontrar. Faz dois dias, Anna. Você se dá conta disso? Ninguém consegue te encontrar
e vieram palavras uma atrás da outra que eu não conseguia ouvir, a princípio como ruído, a Virgem na basílica dourada, tornada sépia, uma rotatória na parte de cima do jardim e a terra esburacada, o barulho de sirene
— Seu pai morreu
até as profundezas de meus ossos
— E não vamos conseguir
o barulho da sirene
— Alô? Não estou ouvindo nada, não estou ouvindo, alô? Não vai conseguir o quê?

— O corpo! Talvez não vamos conseguir repatriar o corpo do seu pai.

A Place Saint-Jean e seu monte de visitantes pacientes e lerdos, que ficam dando voltas. Era noite e a escuridão estava densa. A multidão na frente dos bares, suas costas esparramadas nas cadeiras e meu corpo caindo
— Estou sonhando devo estar sonhando
grito sem saber mais o que falar, não me vem nada da história do meu pai morto do outro lado do mundo a quem talvez nunca mais vou poder rever.
Eu matei meu pai.
Uma senhora passa e sorri para mim. A voz do meu tio berrando no telefone igual meu pai gritava.
— Isso é muito sério, Anna. Você tem que voltar. Você tem que vir pra cá. Você tem que voltar agora.
— Mas como e por que ele morreu, por que não podem recuperar o corpo, e por que, por que ninguém me diz nada, por que o papai morreu?
— Pega uma carona por aplicativo, um trem, mas vem. Dá um jeito.
Eu desliguei.

Como viajar e sobretudo quando? Agora que cada segundo, cada minuto conta. Pedir à minha família? Mas qual? Meu tio e minha tia, que ficariam espantados por eu não ter nem cinquenta euros sobrando, que achariam inacreditável. Como explicar essa vida que levo?
Deixei a Place Saint-Jean, ou ela que me deixou ir embora, escorraçada. Ela empurrou meu corpo para longe de seus paralelepípedos, meu corpo em carne viva e quase nu, o empurrou para a Avenue Adolphe-Max. Nem sabia aonde ir, nem como

retroceder no meio dos carros e das bicicletas que irrompiam na ponte quando o celular tocou.

— Anna, Annabella...

Era Steve, um amigo do colégio francês de Douala, ali na avenida, sua voz se misturando com todas as outras, como se fosse a de um desconhecido, sua voz e o barulho da sirene, agora distante.

Steve falava comigo e eu respondia rápido, bem rápido, como se não quisesse pedir o dinheiro que estava faltando, cinquenta euros ou mais, explicar que eu tinha que encontrar um trem para chegar em Royan por Bordeaux e Angoulême, um trajeto direto. Chegando lá, ambos, meu tio e minha tia, iriam me buscar.

Preferi interromper a conversa.

Eram oito horas quando a noite se instalou e o Saône ficou na escuridão. A noite chegou transformando tudo em ardósia, tanto a água entre as margens como as janelas e fachadas, a água e todo o barulho em que já não dava para escutar os carros, a noite se tornou a água que faria com que tudo fosse tarde demais, ou pelo menos para o dia seguinte, caso não encontrasse uma solução naquele instante ou no seguinte, aquele que sucede aos outros dois já perdidos, como se o instante estivesse escorrendo entre minhas mãos.

Repassei mentalmente a lista de contatos. Os amigos do colégio? Não. Algum antigo amante, alguma pessoa qualquer, o primeiro que me vier, alguém que se lembraria de mim e de quem eu me lembraria também? Não. Ligar para o Steve? Não. Ligar para o meu tio Antoni?

Mal coloquei o celular na minha bolsa e ele vibrou.

* * *

Era uma mensagem de Gabriel, que estava me esperando fazia duas horas. Tinha me esquecido dele.

Naquela manhã, eu o envolvi com meus braços, minhas mãos dando a volta em sua cintura e seu ventre, minha boca risonha; ali, suspensa em seu queixo tão alto, em seus lábios que fugiam dos meus, minha boca sob seu rosto que já não queria me beijar nem me olhar, Gabriel ameaçava
— Annabella, eu quero conversar com você
mas eu estava me lixando
— Tudo bem, meu amor, vamos conversar sobre tudo o que você quiser, mas antes
— A gente tem que conversar
— Me dá um beijo. Está mal-humorado? Me dá um beijo... Mas como disse a gente ia conversar essa noite, vou sair da biblioteca às dezoito horas.
— Você sempre se atrasa
— Não vou me atrasar
sua boca acima dos meus olhos relutantes, me olhava como se eu ainda estivesse mentindo, como se eu não fosse mais Annabella, como se eu não fosse mais a garota que ele ama.

Gabriel estava me esperando e não sabia que meu pai tinha morrido, Gabriel do outro lado da Saint-Jean.

Dei a volta em toda Adolphe-Max, no Quai Fulchiron e na Rue du Doyenné, fugindo da rua onde morava, onde ele me esperava, Gabriel e seus cabelos encaracolados, bagunçados em cima da testa, Gabriel vestido como um adolescente, a camiseta sempre por dentro da camisa aberta, Gabriel tudo no bolso e o mesmo jeans de segunda a sexta, Gabriel me esperava em frente ao meu prédio, de cara fechada.

Eu não queria voltar. Voltar significava eu ter aceitado, de uma vez por todas, que meu pai tinha morrido, e que hoje terminava, com essa proteção que eu ia colocar sobre meus olhos, a vida do pai.

Gabriel, que já não sorria para mim, estava do outro lado da rua. Caminhei até ele de braços abertos.

— Acabei de sair da biblioteca. Vamos caminhar um pouco?

Gabriel me espera embaixo do prédio, Gabriel que sabe que meu pai está morto, mas há muito tempo, Gabriel a quem faço acreditar que enterrei meu pai há quatro anos, dois anos de mentiras e de amor, os meus. Gabriel afasta meus braços.

Apoio minhas mãos no quadril dele, ele as retira, e a noite cai em meu rosto, a noite que logo vai cobrir todo o meu corpo.

— Você tem um celular, tá atrasada, é só enviar uma mensagem. Não é complicado. Você tá pouco se lixando pra todo mundo. É isso, acabei de entender. Os outros, isso não te interessa. Você só pensa em você. Anna, quero terminar. Isso aqui, a gente, vamos acabar com isso. Eu não tenho mais forças, não tenho mais energia.

— Eu não ligo pra você porque estou atrasada? Você está me deixando porque estou atrasada?

Coloco minhas mãos nos braços dele para detê-lo.

— Espera, vamos sentar dois minutos. Espera, vamos conversar. Por favor, te imploro, espera dois minutos.

— Estou te deixando porque não sei mais quem você é.

— Posso saber o que você reprova em mim?

— O que reprovo em você? De verdade? Quer saber o que reprovo em você? A gente já não conversou sobre isso? Sobre sua ausência, sobre sua imaturidade? Você quer mesmo que eu repita pela décima segunda vez? Aliás, tinha um aviso de conta de luz na sua caixa de correio. Você devia conferir a correspondência. Você ia me contar ou continuar escondendo até cagar tudo, subir o cheiro de merda e eu vir resolver as coisas? Tentei te ajudar, mas acho que está além das minhas capacidades. Não tenho mais energia.

— Você não tem mais energia.
— Não, não tenho mais energia.
— Você não tem mais "energia" pra mim.
— Não, não tenho mais, e é triste porque estou deixando a mulher que eu amo.
— Está me deixando apesar de "me amar".
— Eu preciso ir embora.
— Sim, você tem que ir.

Como eu podia contar para ele?
que meu pai tinha morrido, mas de verdade, e que na hora em que eu dissesse isso, minhas mãos apoiadas no seu quadril, essas mãos que ele afastava, que era verdade, desta vez, mas o que lhe importava a morte do meu pai,
quando ele está me deixando
porque eu minto
porque sempre estou atrasada
porque eu me ausento do mundo.

Ele voltou pela Adolphe-Max, deixando meus braços ao longo dos meus quadris.

Subi a escada e fechei as janelas que davam para o pátio, as janelas em que ninguém mexe, como se fosse chover ou a noite estivesse fria, as janelas uma por vez, em cada andar, as janelas pesadas e seus puxadores enferrujados.

Eu morava em um pequeno prédio laranja.
Ficava em cima do Tata Mona, uma casa noturna que também servia de *after*.
Tinha ido dançar lá muitas vezes.
Antigamente, antes do grande ano, o do concurso de docente que esperávamos desde o começo da graduação, desde sempre, em que teríamos que nos comportar e ter uma vida bem comportada — a biblioteca, a faculdade e a calma em casa, anotações espalhadas pelas paredes e em cima da cama.
Subi a escada sabendo que tudo tinha ido pelos ares, a calma preservada e o amor primeiro, empurrando a porta do estúdio, pegando a tigela abandonada em cima do balcão pela manhã, minha vida já passada, a tigela que peguei e que em breve já não

estaria cheia daquele outro eu, uma menina e a boca cheia de palavras — planos, certezas —, essa arrogância segura, meus cabelos na cara, a certeza de que o amor de Gabriel ia durar para sempre

 e que teríamos dois filhos
 quando eu fosse professora.

Joguei a tigela fora com o resto de leite que tinha virado na pia e escutei um barulho no corredor

 de passos
 que nunca havia escutado, na rua primeiro e depois na escada e em frente da porta aberta.

 A menina no patamar se assustou e sorriu, mas um sorriso constrangido, quase angustiado, fixando meus olhos vermelhos e o vermelho de minhas bochechas que eu já não conseguia esconder.
 — Meu pai morreu.

Isso escapou sem que eu soubesse o porquê, para ela que eu nem conhecia, essa frase
 — Meu pai morreu
visto que ela parecia não compreender: apoiei minha cabeça nos ombros dela, eu, uma vizinha que ninguém nunca viu, com quem ela nunca tinha conversado, uma vizinha de passagem, que talvez alguém viu certo dia indo para o metrô, uma vizinha com a cabeça sempre enfiada num capacete e que corre, agora com as mãos em torno do seu pescoço
 — Meu pai morreu e acho que quero morrer, mas isso é estranho.

— Você quer sentar?

Ela levantou o meu rosto e abriu a porta mantendo minhas mãos em seus ombros ou não ousou tirá-las, minhas mãos que não a largavam mais.

— Você quer sentar? Quer que eu prepare um chá para você? Você quer um copo d'água, você quer alguma coisa? Você quer um chá?

Ela repetia as palavras, confusa, buscando com o olhar meus olhos fixos no chão.

— Senta, por favor, senta aqui.

Ela colocou perto da mesa da cozinha sua bolsa e meu corpo

— Senta um pouquinho

que desabou.

— Talvez eu devesse ir me deitar.

— Não, fica, fica um pouco. Fica aqui essa noite.

— Não posso, preciso pegar um trem, tenho que ir, tenho que ligar para alguns amigos para perguntar, pra pedir emprestado, depois tenho que comprar passagens, e tenho que, tenho tantas coisas para fazer...

— O que você tem que pedir emprestado? Para onde tem que ir?

Ela se agachou e abaixou a cabeça para procurar meu olhar.

— Eu tenho que ir, desculpa, não queria te incomodar, tenho que ir.

— Você não está me incomodando, você não está incomodando ninguém. Um trem para onde, para onde você tem que ir? Posso te ajudar? Fica sentada. Eu me chamo Aurélie.

Ela estendeu a mão e eu fiquei olhando.

— Anna.

As paredes do estúdio dela mais brancas que as minhas, brilhantes, renovadas com fotos de férias, viagens entre amigos, do namorado, da família. Na minha casa, nem sequer uma foto de

Gabriel nem do meu pai, paredes virando um cinza decrépito e muitas fotos minhas: sozinha.

    Ela abriu os armários e vasculhou as pilhas de pratos no meio de sua cozinha cujas cores lembravam as da sala, o pequeno mobiliário cinza e preto, tirou as xícaras, tirou os saquinhos de chá, o açúcar, um prato fundo

    — Você tem que ir para onde?

que ela encheu de bolo, a água quente nas xícaras e o fio da tisana pendurado, bolo de manteiga

    — Royan.

    — Você quer um?

como se comer fosse impedir que tudo desabasse, fazer com que a morte do meu pai parasse.

    — Não sei, não sei por que, eu não devia... Eu pensei tanto, eu desejei muitas vezes, tantas vezes, tantas vezes eu quis, quis do fundo do meu coração, eu quis que meu pai morresse.

2.

Quando criança, eu já sonhava em partir. Tomei a decisão aos oito anos, numa tarde de abril de 1998.

Era a estação da seca. Nós morávamos no Congo-Brazzaville, em algum lugar da floresta onde já nem entra luz.

Quando alguém me pergunta se eu tenho um vilarejo, respondo: a floresta. Uma casa, um lugar de nascença, a floresta também, floresta repleta de sapeles na margem do rio por onde as serpentes se esgueiram. Eu não tenho medo, sou uma delas.

Dizem que o rio Congo é uma grande píton transformada em água. Foi o pigmeu do vilarejo que me contou, Dieudieu.* Ele dizia que não precisava ter medo daquelas serpentes, pois elas só atacavam para se defender ou se alimentar, e eu já era grande para aquelas coisinhas que se arrastavam pelo chão.

Eu estava em frente de casa quando Dieudieu chegou. Estava desenhando com um galho o percurso a ser percorrido.

---

* *Dieu*, em francês, quer dizer "deus". (N. T.)

Primeiro, quando fôssemos para Mossendjo fazer compras, eu levaria minha mochila já cheia de comida, roupas, meu passaporte roubado da cômoda de seu quarto. Meu pai dirigindo com cara de nada, eu no banco de passageiro, iríamos para a cidade, depois para o hotel, eu partiria quando ele estivesse bêbado e rindo no balcão do bar, sua puta noturna nos braços, minha mochila na penumbra, já tinha tudo planejado.

A princípio, eu partiria e me esconderia por alguns dias, o tempo suficiente para pararem de me procurar, e encontraria um ônibus, um trem para a cidade, Pointe-Noire, onde minha tia Marthe morava, trabalharia em um bar no começo, venderia amendoim na beira da estrada.

Tudo planejado até a hora em que ele cairia no sono, em que me esgueiraria, sairia sorrateiramente do bar, fingindo que estava dormindo, iria para a cama, já com a mochila pronta do lado, subiria a costa, encontraria a ponte e a estrada de laterito que descia até os confins da cidade, lá onde os brancos não vão, minha mochila e meu passaporte no bolso, alguns trocados para a viagem, o ônibus, moedas poupadas, eu iria me esconder.

A princípio, por alguns dias eu comeria o que estivesse guardado na mochila, com minha jaqueta K-Way para a chuva, um suéter grosso contra os mosquitos, e quando a polícia passasse e perguntasse para todo mundo

— Vocês viram a filha do branco?
todos responderiam
— Não sabemos, ninguém a viu
e será verdade, eu desapareceria de vez.

Fazia um mês, eu tinha tudo planejado, vigiando a empregada que passava no corredor e deixava a porta aberta, o momento de invadir aquele quarto sempre fechado, o do meu pai, enfiar minhas mãos na cômoda sem mexer em nada ou quase, depois colocar tudo de volta, o cartão do banco e o talão de cheques, o *livret de famille*,* o passaporte dele, o meu, levar o que me diz respeito no último momento, alguns dias antes, e deixar tudo em ordem por formas, cores, do jeito dele: eu tinha tudo planejado.

Na cozinha, eu tinha roubado torradas no decorrer de um mês, potes de maionese, chocolate, patê, tudo o que pode ser conservado, uma vez por semana, discretamente, minha convicção fortalecida nos planos que eu elaborava.

Eu entrei escondida no quarto na antevéspera. Enquanto Rosaline, a empregada, trocava os lençóis, enfiei o documento roubado numa pilha de toalhas que vi na mesa, supondo que ninguém jamais iria fuçar naquele lugar.

A pilha de toalhas limpas na mesa que deixei ali, não levantando qualquer suspeita, minha mochila escondida no lado de fora, para pegar no último momento, a mochila cheia de provisões para passar uma semana ou mais, suéteres e três calças.

Dieudieu estava falando e eu não escutava nada. Ele contava suas histórias de serpentes de terra, nas quais não se podia confiar, como as grandes pítons, aquelas que comiam os cachorros e as crianças e que às vezes quebravam as costelas deles e, em seguida, os deixavam de lado depois de perceberem que não podiam engoli-los.

— Se algum dia você vir uma píton, te aconselho a dar no pé.

Naquele dia, meu pai voltou do trabalho calmo, cansado. Deixou seus sapatos cheios de óleo e diesel na entrada, surpreendendo a todos, escapuliu para a sala, deixando seu corpo afundar no sofá. O cozinheiro, Makani, a empregada, Rosaline, o jardi-

---

* Documento emitido após o casamento ou o nascimento de um filho, que registra os atos civis de uma família na França e em outros países. (N. E.)

neiro, Guy, vinham um de cada vez, traziam o café, os cigarros, a garrafa d'água, traziam o cinzeiro, a garrafa de uísque, todos recebendo um doloroso agradecimento até que ele disse
— Chama a Anna pra mim
meu corpo arrastado como se estivesse de frente a um tribunal
— Annabella, te falta alguma coisa aqui?
— Não, não falta nada
e se virando como se estivesse procurando testemunhas, repetindo a pergunta à qual eu parecia não saber muito bem como responder
— Vocês acham que tá faltando alguma coisa aqui pra ela?
para aqueles que respondiam em coro
— Não falta nada, chefe
até que sua mão caiu no meu rosto.
— Me dá seu passaporte.
E foi assim que tudo explodiu entre nós
— Você não tem o direito de fazer isso, papai, você não tem o direito!
entre nós e Rosaline que me arrastava pelo braço enquanto gritava o que meu pai tinha acabado de dizer:
"Você não vai sair daqui antes da decisão do seu pai, srta. Annabella; pensa bem no que você acabou de fazer"
batendo por sua vez a porta do quarto, do mesmo jeito que ele havia batido a porta da sala.

3.

Aurélie pegou um lugar para depois de amanhã, em um fretado. Depois do anúncio da morte do meu pai, eu dormi no sofá, pensando na lista de documentos, no *livret de famille*, no passaporte, na minha certidão de nascimento, em alguns livros, na lista de coisas para fazer, para levar, para não perder
— *Escrever faculdade*
— *Continuar revisões?*
— *Agostinho, Sêneca, Platão*
— *Computador, celular, carregadores*
— *3 calças, 4 camisetas, calcinhas, meias*
esperei em frente à rodoviária com todos os fretados e suas mochilas em frente ao lugar, o motorista, minha bolsa no colo depois no chão.

E uma passageira chegou, de jaqueta jeans e calça *slim*, fazendo uma tonelada de perguntas. Deveria ter dito, queria ter dito para ela me deixar em paz, fechar sua boca grande, minha voz misturada de falsa alegria e lágrimas, respondia à sua exuberância, tão incômoda quanto as fanfarras de verão, aquelas que víamos se lançar na fonte com suas camisas coloridas. Elas encobriam os transeuntes de barulho antes de chegar nos Cordeliers, com as panças cheias de cerveja por toda a praça, caindo assim como seus saxofones, parecendo aquelas festas em que as pessoas ficam sozinhas no meio da multidão. Ela falava e eu respondia como alguém que se esgueira entre os corpos, silenciosa:

— Eu me chamo Annabella. Sim, eu vou para Royan. Sim, moro em Lyon. Sim, no Quartier Saint-Jean. É uma cidade bacana, sim. Onde você saiu? Sim, conheço a Tata Mona.

O motorista chegou e colocou as bolsas no bagageiro, eu deixei a minha debaixo dos pés. Ele ligou o rádio, fez as apresentações. Uma outra garota, e um garoto que não falava. A tagarela vivia em Barcelona, para onde tinha se mudado

— E você, Anna, faz o quê?
— Eu era estudante.

Eu disse "era" como se minha vida tivesse terminado sob meus pés com a bolsa que eu estava arrastando para todo o canto desde cedo, e "era estudante" soava como "eu morri", minha cabeça encostada na lateral da porta, e os campos rolavam pela janela jogando todo o asfalto com eles. A barcelonense não calava a boca, melhor: ela gritava, falava pelos cotovelos, e os outros passageiros falavam pelos cotovelos com ela, sem poder abrir as janelas, até a parada da estrada que me salvou.

Fiquei enrolando no estacionamento da parada carregando minha bolsa, fiquei enrolando no estacionamento da parada com as minhas mãos, entre as prateleiras das seções e a loja de conveniência, na calçada, antes de encontrá-los perto do ônibus. A barcelonense continuava falando.

— Você quer um golinho de *kawa*,* um golinho de algo,

---

* *Kawa* é um pé de pimenta de origem polinésia, cuja raiz é usada na preparação da bebida homônima. (N. T.)

alguma coisinha, uma garrafinha de água, não tá com sede? Já estamos há três horas na estrada.

Sua voz esganiçada ficava mais alta e fazia seu chiclete estalar. Era uma daquelas garotas a quem fizeram acreditar, e desde a infância, a começar pela mãe, que sua incapacidade de calar a boca, de se conter, de se concentrar numa tarefa mínima que fosse, como beber um café na parada da estrada, em silêncio, que essa tendência natural para a tagarelice era a prova irrefutável de sua energia. Uma idiota sem interioridade que teria feito melhor em aprender a ficar em silêncio do que espalhando seu vazio pelo mundo.

Não suportava mais, nem sua jaqueta nem seus sapatos nem a xuxinha em seus cabelos. No entanto, eu não estava melhor vestida.

Naquela manhã, vesti o que calhou de estar à mão, não queria passar frio. Estávamos em 3 de maio. E já se passaram quatro dias desde que meu pai morreu e que o inverno na primavera não acabava mais. Quatro dias. Um vestido por cima de um jeans bem curto com um suéter absurdo, meias de pares trocados e altas em que dava para ver os buracos. Quatro dias, e dois sem saber de nada, os outros dois trancafiada naquele estúdio para não deixar mais a luz entrar. O vestido verde por cima do meu jeans coberto por um suéter preto.

Voltamos para o estacionamento, a parada da estrada e o céu azul cor de chuva, as famílias por todos os lados emboladas ali, algumas crianças, umas levam bronca, outras brincam no balanço, e arrastam os pés. Quatro dias, e dois, orações ridículas que não acabavam mais, como se Deus pudesse me ver.

Rodamos por muito tempo até chegar em Royan, no estacionamento da estação onde havíamos desembarcado, cada um para o seu lado. Coloquei minha bolsa na calçada e olhei os passageiros das dezessete horas saírem do trem, abraçando amigos e familiares numa grande aglomeração, batendo portas, homens, garotinhas, mulheres, suas malas se arrastando no asfalto, e o barulho de pedrinhas

minha bolsa nos meus pés, meus pés na calçada, esperando minha tia que estava para chegar, e todos foram indo embora, um por um
os homens e suas malas, todas as garotas agarradas nos braços de suas mães, indo embora, e o trem também, com as portas batendo.

E minha tia chegou, a moreninha em seu Clio 2, que eu não via fazia muito tempo, e não tinha mudado nada. Desde o divórcio, continuava com o mesmo carro cinza, com as mesmas sapatilhas, e aquele corte de cabelo quadrado. Ela abriu a porta,

seu braço de carnadura firme de onde se entreviam as veias, um braço de corredora. Alcancei o carro em movimento e joguei minha mochila no banco de trás, depois fugi. Olhei o PMU* e fugi da minha tia, seus olhos verdes como os do meu pai, sua voz, seu sorriso
— Annabella
quando ela me beijou no rosto e pegou a rotatória; ela virou não sei onde, seguiu pela zona industrial e pela estrada na floresta que ia para Breuillet na casa de Giorgio, o mais velho dos irmãos, onde nós descemos.

Uma mesa, copos. A água que me ofereceram. Olhei para o meu tio Giorgio, que não me olhava, e Céleste, sua esposa, perguntou como iam os estudos, a quem respondi, numa gargalhada
— Os estudos terminaram.
Giorgio, o irmão mais velho do meu pai, um homem de meia-idade, corcunda, enchia meu copo com água sem nunca cruzar seu olhar com o meu, jogava conversa fora, sem querer falar do irmão morto. Nunca soube se meu tio tinha as costas curvadas porque seu corpo tinha ficado assim por causa do trabalho de pedreiro, ou se era porque ele desejava sumir totalmente, desaparecer.
Um silêncio entre nós quatro, sentados àquela mesa, nós que não tínhamos nada para fazer ali, eu e minha tia Alda, nós que viemos por formalidade, por educação, e ele que nos recebia, com o copo d'água que ele enchia sem me dirigir a palavra, eu, a filha do irmão dele. Giorgio não me olhava, como se eu fosse uma estranha sentada à mesa, naquela mesa onde comi tantas vezes, meu pai, seu irmão, sentados ao meu lado, ou às vezes

---

* PMU (Le Pari Mutuel Urbain) é uma rede de conveniência instalada em vilarejos e pequenas cidades. (N. T.)

sozinha quando ficava com ele nas férias, o dinheiro deixado em um envelope para que eu passasse o verão lá, meu tio Giorgio que antes me recebia e agora me serve um copo d'água como se eu fosse uma mendiga, a filha de ninguém.

Eu peguei a bolsa nos meus pés e disse à minha tia para a gente ir embora, minha bolsa no colo e a porta do carro que bati. Ela engatou a segunda e o carro morreu.

Uma estrada reta na planície: nunca pensei que Breuillet demorasse tanto para atravessar. As curvas que a gente pegou, a demora, e meus dedos contando os segundos, sem nenhum lugar em meu vestido para enfiar as mãos.

E a gente chegou à noite.

Meu tio Antoni, o irmão caçula do meu pai, esperava em frente ao portão, dois carros, o dele e o da esposa, em frente aos cascalhos da casa, Clémence, que me tomou em seus braços.
Continuei com minha bolsa no colo
— Põe suas coisas aqui, Anna
Clémence levou tudo para o quarto.
Os copos foram colocados em cima do balcão, meu tio Antoni ia de um lado para o outro na cozinha.
— Concretamente, quanto dinheiro você tem?
— Concretamente?
— Sim, concretamente.
— Concretamente, não tenho nada.
Ele coçou a cabeça, minha tia Alda e Clémence baixaram a cabeça.
— Seu pai morreu. Para repatriar o corpo, estão pedindo dezenas de milhares de euros.

— Mas eu não tenho esse dinheiro.
— Ninguém tem esse dinheiro, Anna.
— Será que ele tinha um seguro?
— Mas não sabemos, ninguém sabe.
— Mas como ele morreu, onde ele morreu e por que ninguém me fala nada, por que o papai morreu?

Antoni deixou a cozinha.

Nós dividimos as tarefas à noite. Minha tia Alda tinha que ligar para um colega do meu pai, anotar números na agenda e marcar horário na funerária, fazer um orçamento. Eu, contatar a embaixada e o Ministério das Relações Exteriores para encontrar uma solução para a repatriação.

Passei a manhã inteira repassando uma lista de números de telefone, começando pelo da embaixada francesa em Douala, que sabia onde o corpo estava sendo mantido. Esperei Clémence e Antoni saírem antes de telefonar.

— Estou ligando porque meu pai morreu. O falecimento foi na segunda-feira, dia 29 de abril. E me pediram para entrar em contato com vocês. Meu nome é Annabella Morelli.

— Srta. Morelli, vou transferi-la para a colega que vai cuidar do seu caso.

— Srta. Morelli... Senhorita?

Repeti as palavras, elas saíam do meu corpo e formavam frases que eram estranhas para mim.

— Meu pai faleceu na segunda-feira, dia 29 de abril. Me

pediram para entrar em contato com vocês. Meu nome é Annabella Morelli.

— Sim, estou encarregada do seu caso. Vamos tratar dele bem rápido

Ela pontuava suas frases com um silêncio.

— Considerando a situação, eu lhe aconselho a entrar em contato diretamente com um advogado. Vou lhe passar os dados do advogado associado ao consulado.

— Me desculpa mesmo, não tenho nada para anotar. Não estou conseguindo achar uma caneta, não tenho nada para anotar, me desculpa. Parece até que não tem nenhuma caneta aqui. Que loucura. Onde estão as canetas?

— Não precisa se apressar.

— Desculpa. Espera, acho que encontrei um lápis.

— Então, é o dr. Patrick Welbom.

Anotei o número na agenda, desliguei, e caminhei em direção à cabana de madeira para encontrar um lugar com grama onde afundar meus pés.

Ainda não tinha tomado banho desde que chegara. Carreguei meu corpo para o banheiro e o deixei cair debaixo d'água, as mãos apoiadas na borda da banheira, e duas horas desapareceram na água, a água que cobria todo o silêncio, até que meu tio Antoni bateu na porta.

— Tudo bem aí, Anna?
— Sim. Já vou!

Já era meio-dia.

Antoni voltou do trabalho finalmente decidido a me dizer o que aconteceu, o que ele sabia, mas suas explicações não esclareciam nada.

— Ficamos sabendo pela embaixada francesa e eles entraram em contato com a gente através da cônjuge dele.

— Da cônjuge dele?
— Sim, Anna, a companheira dele. As circunstâncias não ficaram claras. Ele teria morrido em Ezéka, um canteiro de obras na floresta fora da cidade. Ele estava lá para consertar uma máquina. A máquina da empresa SISCO BOIS, uma empresa de exploração florestal. O problema é que a empresa não se apresentou à embaixada para registrar depoimento.
— Por quê?
— Isso pode custar caro para eles, Anna. Essa gente não presta. Só pensam em grana, não nas consequências, não no que vai acontecer com as pessoas. São criminosos, não tenho outra palavra para eles. São criminosos, um lixo, uma escória. Eles não vão pagar pela repatriação do seu pai.

E ele saiu batendo a porta, me largando atordoada na cozinha. Fiquei sentada na cadeira por um instante para entender o que tinha acontecido comigo.

Olhei para o relógio esperando o momento adequado para ligar para a embaixada, contatar o Ministério das Relações Exteriores, quando o telefone tocou.
— Srta. Morelli?
— Quem é?
— Dr. Welbom, advogado associado da embaixada francesa, me passaram seu número. Estou lhe contatando a respeito do seu pai. Suponho que você já esteja sabendo da situação. Vou ser franco. Isso aqui é um vespeiro. O óbito foi reportado domingo, no local, pela cônjuge do seu pai, a sra. Sylvie Mbembe. Fui indicado pelo cônsul para representá-la no intuito de defender seus interesses, caso seja sua vontade.
— Quais interesses? E por que eu precisaria de alguém para me defender?
— Talvez você precise tomar medidas legais.

E ele falou de documentos que precisavam ser reunidos, indícios de seguro para encontrar, o contrato de trabalho com uma cônjuge que eu não conhecia, Sylvie, de quem eu não sabia nada, Sylvie, de quem agora minha vida dependia, e a repatriação do corpo do meu pai também, uma desconhecida, ele falou por muito tempo, enchendo meus ouvidos de conselhos e observações com todos os procedimentos, pormenores

— Marque um horário no banco para conferir se há algum indício de seguro ou de seguro conjunto entre seu pai e a empresa, indícios de transferências, procure qualquer indício que possa comprovar que seu pai trabalhou um dia para eles, isso é muito importante.

Todas as salas de espera são parecidas. Sei disso desde aquela época, duas cadeiras encostadas em uma parede do corredor perto dos escritórios com suas portas abertas para que a espera seja menos insuportável. Jovens com camisa por dentro das calças do terno indo e voltando pelo corredor, cumprimentando os casais e os idosos, documentos preparados para uma casa, um carro, ou para uma herança.

Eu estava no corredor esperando que a funcionária do banco me recebesse, com meu pedaço de papel na mão, tudo o que possuía de informações e a lista do que estava procurando.

E ela chegou, a mão estendida sobre seu salto alto, pondo sobre a mesa os documentos e os papéis impressos pela manhã
— Senhorita
um sorriso circunstancial ao qual a gente não pode nada além de retribuir, a tristeza não sendo razão suficiente para dispensar a cortesia, seu sorriso misturado a palavras absurdas, palavras irrelevantes, técnicas, palavras para lembrar

— Vou detalhar para você os bens do seu pai e depois tudo ficará bloqueado até o fim do processo de herança com o tabelião saindo como bofetadas com as condições, as cláusulas, os prazos que era preciso considerar, três semanas para o seguro de vida, um mês para as contas de títulos e mais de três meses para finalizar o processo de herança, nada sobre o que iria me ajudar.
— Há algum indício de transferência?
— A última data consta de três meses, e era da própria conta dele.
— Como assim?
— O registro está indicando a conta do sr. Giovanni Morelli para o BAA da África Central.
— Mas esse dinheiro não devia ter saído de algum lugar?
— Seria preciso entrar em contato com o banco presencialmente.
— Por acaso não teria um seguro, um contrato?
— Não.
— Um seguro, talvez indícios a partir do cartão de crédito?
— Não.
— Mas há indícios de alguma coisa em algum lugar?
— Não posso fazer mais nada na minha posição.

Deixei a sala, cumprimentando-a com uma mão e abrindo a porta com a outra, atravessando o corredor, entrando no carro de Alda, que ainda estava me esperando. Pegamos a estrada pelo porto, um caminho pela costa, com areia a perder de vista e as praias, um monte de guarda-sóis, Alda pôs a mão no meu ombro, eu murmurei:
— Não tem nada, absolutamente nada. É como se ele tivesse saído de circulação há mais de um ano, é como se ele não existisse.

4.

Certa vez ele desapareceu durante meses, deixando toda a família sem notícias, a mãe, os irmãos, a irmã. Ele se embrenhou na floresta, passando pela fábrica parada até o acampamento vazio, e eu bem do lado dele, em silêncio.

Em outubro de 1998, quando eu acabava de fazer nove anos, a guerra civil, até então latente e restrita a algumas cidades, eclodiu, nos obrigando a deixar o Congo. Como morávamos longe de Pointe-Noire e Brazzaville, havíamos perdido a repatriação dos cidadãos organizada pela embaixada francesa e pelo Ministério das Relações Exteriores. E levou meses após a partida dos últimos cidadãos estrangeiros até conseguirmos deixar o país, fugindo tanto da escassez de comida quanto das pilhagens. Com roupas e louças organizadas em baús e caixas, partimos durante a temporada de chuvas, poças de água misturada com terra pelo caminho, fugimos, meu cachorro no colo, de carro, passando pelas estradas de laterito e pelos vilarejos. Rodamos e cruzamos a fronteira do Gabão para chegar à cidade de Mounana onde, dizia meu pai, bons amigos haviam arranjado um posto para ele.

Deixamos outros refugiados na poeira das rodas da 4 × 4, pessoas como nós, atrás de guaritas e postos de controle. *Passaporte francês, passaporte francês, pode passar.* Atravessamos a fronteira e deixamos para trás as notícias de um aeroporto cercado por tropas. Nos distanciamos da fronteira e fugimos da ameaça do exército angolano na região. Meu pai não queria me dizer que estávamos fugindo da morte, mas eu sentia a urgência em seus olhos nas semanas anteriores à nossa partida. Entendi a importância de uma partida discreta à noite, a necessidade de seguir as pistas evitando os vilarejos ao cair da noite.

No Gabão, as estradas de laterito danificadas pela chuva foram transformadas em asfalto. Se o Congo era um lugar de selvageria incontrolável e de florestas que iam até o céu, o Gabão, por sua vez, apresentava uma natureza moldada pela mão do ser humano.

Rodamos sem qualquer dificuldade ou solavancos até Mounana. Nas plantações, a temporada de chuvas encharcava a terra. Eram sempre as mesmas paisagens, mas sem os disparos de metralhadoras e granadas o dia inteiro.

Mounana, a cidade onde chegamos, era conhecida por sua exploração de manganês, mas meu pai ia trabalhar em uma empresa italiana do setor madeireiro. Uma empresa pequena, é verdade; mas que aloja e remunera bem os empregados. Meu pai ia vender seus serviços como engenheiro mecânico, ele cuidaria do conserto das máquinas para exploração de madeira. Ele iria nos canteiros de obra conferir o equipamento, encomendar peças, rebocar caminhões de carga e retroescavadeiras atolados na floresta, como sempre fazia. Eu teria comigo meu cachorro, faria amizades.

Em 2001, quando eu tinha onze anos, ou seja, dois anos depois da nossa chegada, a empresa de manganês começava a diminuir a exploração, arrastando toda a cidade com ela, e nós junto.

* * *

Em junho de 2001, a exploração cessou.
Os últimos expatriados foram embora.

Eu andava em círculos no quintal, numa bicicleta sem banco, na frente da antiga casa branca que se tornou vermelha por causa da lama, um telefone sem fio nem linha na esquina.
Morávamos na colina na parte de cima de um pequeno vilarejo que se transformou em uma cidade recentemente erguida, de um belo branco-esverdeado; a exploração de manganês e de madeira atraía os moradores do entorno.
Morávamos na colina suspensa na parte de cima da cidade, longe dos acampamentos onde ficavam alojados os trabalhadores e os professores, da escola construída com quatro sacos de cimento, assim como o clube de tênis e a piscina, a pista de helicóptero de onde os doentes eram mandados de volta com urgência.

E foi acontecendo lentamente
o desaparecimento dos lugares e das pessoas
e nós presos nesse pardieiro.

As últimas máquinas desligadas enquanto a pompa durava, os coquetéis no bar perto do campo de tênis e eu com minhas roupas impecáveis, além das casas dos jardins, da 4 × 4 com motorista me levando de uma casa para outra
— Vou na casa da Michaëla, papai
— Papai, vou na casa do Razvan
— Ei, ô papai! Vou na casa do Armando, você conhece, aquele que mora bem pertinho
até que não tivesse mais ninguém além de Bertrand no bairro operário lá de baixo para brincar. E aconteceu sem eu perceber.

* * *

    Um dia, a mãe de Michaëla reclamou do fato de não conseguir mais encontrar ração para gatos na mercearia, e Michaëla, do estado da piscina do clube que ninguém limpava mais, a piscina estava tão suja que ela ficou com verrugas, pegou micose
    — Annabella, você não tá vendo? Faz semanas que eles não a esvaziam, semanas que o jardineiro já não vem. O que é que eles estão aprontando?

e o pai de Michaëla, da escola, das greves na fábrica, dos empregados que não desciam mais nas minas, da incerteza.
    — Teve mais um acidente. Eles pararam. Já é a quarta vez. Ninguém sabe por quanto tempo. Não sei bem se vai dar pra continuar. Olha lá o outro, o alemão, eles não o substituíram. E quem é que vai cuidar do dispensário agora? É brincadeira? E olha que trabalhamos para uma firma internacional, uma exploração francesa! Um enfermeiro do vilarejo ao lado, é isso que eles nos mandaram. Não tem mais nenhum médico qualificado nesse acampamento.
    Eu estava na soleira da porta, meu bolo na mão, quando a família de Michaëla decidiu ir embora
    — A situação está insustentável, vocês vão fazer o quê?
se dirigindo a mim como se eu pudesse decidir, como se eu soubesse alguma coisa a respeito de todo mundo que estava fugindo, indo embora de baú em baú, deixando as casas vazias, de todo mundo que cruzava as portas esbarrando em meus ombros, então tudo desapareceu.

    Meu pai, mas primeiro os carros, menos numerosos na entrada do clube, e a escola vazia, privada de seus alunos, as gigantescas quermesses, mulheres e crianças enfileiradas, se sacudindo

em seus vestidos, suas calças de linho, na festa que era organizada à noite, um bufê impressionante, e a gente ao redor.
— Crianças, venham comer!
Michaëla, com seu nome alemão, sua aparência de *femme fatale*, sempre de cara amarrada, fazia Razvan ficar virando o pescoço, Razvan, o magrelo, loirinho de olhos azuis, bem pálido, sempre vermelho do sol, a ponto de acharem que tinha acabado de desembarcar de Kosovo, Razvan que olhava Michaëla com desejo, lhe oferecia água e pedaços de pão
— Você quer uma torrada com salmão?
bem debaixo do meu nariz
— Eu vou querer uma para mim, se ela não quiser
meu pai sentado com seus parentes, uma garota qualquer nos braços, um pouco mais velha que eu, uma menininha trazida do vilarejo, me gritava lá de cima
— Anna, faz favor, não vai vomitar!
na frente de Razvan que não me olhava.

Foi bem na época das grandes partidas e de nosso desaparecimento, Razvan no canto da mesa servindo Michaëla e Michaëla jogando os cabelos na cara dele, Michaëla de voz severa
— Não estou com fome, então pare com as suas torradas com patê
— Não é com patê, é com salmão!
fazendo suas mechas castanhas esvoaçarem sob o esplendor das luzes e da sala grande, e Michaëla acima dos pratos, os serviçais, invisíveis e ausentes, dando voltas ao redor de nossos corpos.
Razvan deslizou seu pé por debaixo da mesa e da saia de Michaëla, mergulhando seu azul na íris negra dos olhos dela, e ela deu um pulo, antes de dar um chutão nas panturrilhas de Razvan
— Ai, ela ficou maluca!

que apoiou sua mão em cima da minha para me arrancar da cadeira

— Ei, vem aqui; você sabe dançar?

a cadeira que mal teve tempo de se recuperar do golpe e de uma iminente queda, me arrastando sob os olhos negros de nossa rival, Razvan arrotando debaixo do meu nariz, arrotando nos meus ouvidos, a pança cheia de espumante

— Cê não parecia assim tão miudinha

Razvan levantando meu corpo e meus pés a dez centímetros do chão.

— Quer saber, vou te falar um lance

meu corpo minúsculo e meu vestido tão minúsculo quanto sob minhas axilas

— O quê?...

— Chega aqui, vou te falar no seu ouvido

mordendo meu pescoço, mordendo minhas bochechas, minha boca também, rindo na cara de todo mundo diante de meus olhos

— Às vezes você é bonita, mas só às vezes, porque geralmente você é sem graça; na verdade, não diria exatamente feia, mas desleixada

minhas bochechas coradas, e o refeitório flutuando sobre os azulejos tão limpos como a poeira repatriada do exterior.

Michaëla foi embora e Razvan também, como os neons brancos do salão.

E ela foi embora, arrumando o balanço no jardim e os pufes de vime onde cada uma de nós nos sentávamos, e os banquinhos de madeira; foi embora, deixando a casa vazia e as portas abertas, de onde entravam e saíam ratos e cobras; e o mato cresceu, a umidade rachou as paredes e os armários, o mato cresceu até mesmo nos quartos, bem onde ficava a cama e os pequenos tapetes, um *pagne** comprado na cidade do lado, ainda ontem.

Percorríamos a floresta na traseira da picape, nossas mãos agarradas na barra de cima da cabine, fazendo sacudir a 4 × 4 na estrada que se transformou em uma ponte, de onde era possível se jogar no rio, de tanto que chovia.
— Vai, rápido, acelera!
E Michaëla desapareceu com seu sorriso, seus cabelos, seu rosto
atrás da picape, amazona temível
Michaëla e todo mundo e seus olhos negros
agitados, furiosa.
Michaëla descia da 4 × 4 como um gato, num salto, com um balançar de braços, as pernas erguidas como se estivessem sobre molas
— Annabella, mexe esse rabo, cacete!
e ela corria pelo mercado, Michaëla se esquecia de tudo e eu atrás entre as prateleiras, os temperos, os sacos de amendoim de que ela se servia sem pagar, corria para deslizar atrás das portas onde os vendedores estendiam as mãos, Michaëla
— O mauritano está aí, ele esteve na capital na semana passada, devia me entregar alguma coisa
entrando nas lojas do mesmo jeito que no seu quarto
— Você está com a minha mercadoria?
— Srta. Michaëla, sim estou com seu *pagne*.

A família de Michaëla foi embora, depois a de Razvan, a princípio paciente, esperando como meu pai que tudo se resol-

---

* O *pagne*, peça de roupa tradicional do vestuário africano, é composto por um grande pedaço retangular de tecido que é enrolado na cintura para formar uma saia ou ser disposto sobre partes do corpo. (N. T.)

vesse, o tempo necessário para que a greve acabasse, então já não esperando, enfiando as louças nas caixas, e as caixas nos baús, preparando os móveis para o caminhão e o contêiner; a família de Razvan foi embora, deixando meu pai e eu sozinhos, na floresta que crescia ao redor das casas, sozinhos no meio do jardim abandonado com a empregada que não estava vindo mais, e a comida cada vez mais escassa, a água da piscina secando ao sol.

e o mato rompendo o asfalto
enlouquecendo meu pai de álcool, de solidão
ou talvez fosse o vinho de palma,
mais forte quando exposto ao sol,
que atacava seus nervos
meu pai de olhos vermelhos agora

que não havia mais ninguém nessa colina, exceto os vendedores temporários, de vinho e de joias, seus galões e suas bolsas a tiracolo. E a família de Armando se juntou a nós no fim da rua, uma família de quatro filhos, três dos quais mal víamos, mendigando dinheiro para o pai, sempre enfiados em puteiros, cujas putas às vezes eram trazidas de Moanda, a cidade vizinha, ou de Franceville, uma cidade maior, que cruzei uma vez de carro quando Mounana, onde morávamos, já não tinha nem lugar nem paisagem nem pessoas: uma família com três filhos vagabundos e Armando, sozinho na casa, esperando os irmãos que nunca voltavam, Armando ainda no colegial; Armando sem mãe, assim como eu; Armando caçando pássaros com estilingue, Armando também mestiço; Armando que só falava com os animais. Seu pai tinha vindo desativar a fábrica, as máquinas que não funcionavam mais, e devolvê-las em peças desmontadas nos caminhões em direção a Libreville, e ir embora de novo. Armando preferia os passeios pela floresta, onde não corria o risco de cruzar comigo. Armando repetia:

— Você me torra a paciência, Anna, vai lá, vai falar com outra pessoa
me empurrando nas árvores das quais me diziam, meu pai principalmente, que não se podia comer as frutas porque a terra estava cheia de manganês e os moradores traziam para o mundo crianças sem braços.

Depois da desmontagem das máquinas mais pesadas, a família de Armando foi embora, e de adolescentes como eu só ficou Bertrand, de passagem na colina para vender pão.

— Você não quer vir na minha casa? — perguntei um dia para ele.
Bertrand atrás de quem eu corria

— Desde quando nós nos falamos? — ele me perguntou sem me olhar.

— Eu tenho uma bicicleta.

— E o que você quer que eu faça? Eu trabalho, Annabella, não fico o dia inteiro jogando tênis na beira da piscina.

— Não se joga tênis na beira da piscina e faz três meses que o clube de tênis está fechado.

— Sei, e é por isso que você tá me enchendo o saco.

— Você vai vender pra quem? Não tem mais ninguém aqui, e eu não tô te enchendo o saco, tô te convidando.

— Não tenho permissão pra vir aqui a não ser pra vender minhas coisas.

— Mas não tem mais guardas. Ninguém pode te impedir de vir.

— O que você quer?
— Que você venha na minha casa.
— Não.
— Sim, vem amanhã.
— Já te disse que "não".

— Se você não vier, vou falar pro meu pai que você deu em cima de mim
me observando da cabeça aos pés, e também os cabelos.
— Por que você acha que alguém daria em cima de você?
— Mas dão em cima de mim, tá achando o quê?
— Não, gente velha não conta.
— Amanhã.
— Amanhã o quê?
— Você vem amanhã.
— Você é bem chata, e talvez eu venha amanhã.

E ele apareceu no dia seguinte, sua polo branca bonita trazida de Libreville na época em que a fábrica ainda estava funcionando e os trabalhadores faziam viagens, não se atrevendo a entrar sem tirar as sandálias, atravessando os corredores sem relar nas paredes, as paredes no entanto já sujas; e ele apareceu, Bertrand, os braços cruzados sobre a barriga, que eu arrastava pela mão

— Sua casa é igual?
— Não, a minha é menor
— Vocês ainda estão em muitos no bairro operário?
— Fora o professor e duas, três famílias que ainda não encontraram emprego em outras cidades, não, não tem mais ninguém

sua mão na minha ao longo do corredor, correndo para trás da porta do quarto, trancando a fechadura, tirando toda a roupa, de cima e de baixo enquanto me aproximava dele, implorando que me beijasse, mas só nos seios, um pouquinho, porque sabia que ele fazia isso muito bem.

— Quem te contou isso?
— Michaëla. Então você não quer?
— Não.
— Ah, mas você tem medo das mulheres ou o quê?

* * *

A família de Michaëla foi embora, depois a de Razvan, e Bertrand não voltou mais, fugindo do meu corpo nu que eu exibia por baixo de suas mãos de homem

— Annabella, você não tem nem doze anos.

— E daí? Mas por que você está com medo? Eu já te disse que estou acostumada.

E Bertrand fugiu.

Vi de novo a casa vazia e o mato crescendo por cima das árvores, meu pai indo e voltando perto da mesa de centro, meu pai que ao menor ruído de sapatos ficava irritado

— Anna, levanta esses pés!

meu pai
sua camisa outrora branca
agora vermelha pela água que saía da torneira e que ninguém filtrava mais, a água cheia de lama.

E meu pai enlouqueceu com a ausência das festas, das recepções, sozinho no meio das casas vazias, sozinho consertando uma 4 × 4 sem rodas, sozinho ao redor da mesa, ligando a televisão que só captava um canal.

No furor do vinho de palma e das visitas dos vendedores de serpentes, meu pai perdeu a cabeça, arrastando pelo braço a mim e a todas as meninas do vilarejo pelo corredor.

E explodiu mais uma vez.

Certa noite, estávamos comendo como de costume, os pés debaixo da mesa, meu pai passava o pão, quando Betty perguntou:

— Quando é que vamos fazer compras em Franceville? Você ainda tem um pouco de dinheiro, não tem?

Betty, três anos mais velha que eu, tinha um corpo frágil e a voz selvagem por beber da manhã até de noite na companhia dele, um corpinho de nada, que eu seria capaz de arrastar pelo quintal se quisesse, um corpo minúsculo. Nem mulher demais, nem menininha, magra o bastante para que ele pudesse arrastá-la para todo lado igual um cachorrinho: é uma qualidade essencial.

A cadelinha do meu pai disse então que ele queria sossego. A coisa falou e fez seu punho arrebentar na mesa

— Não sei, não sei de nada disso, chega. Chega de me fazer perguntas estúpidas. Você é idiota ou o quê? Você viu alguém da empresa vir aqui deixar algum dinheiro? Você viu alguém vir aqui me dar algum dinheiro? Você viu se eu tinha algum dinheiro?

E a loucura do meu pai irrompeu
a qual já conhecia e que durou
os seis meses de nosso desaparecimento em Mounana.

Um dia, quando voltava da escola, onde éramos só três, a filha do professor, Bertrand e eu, escutei barulhos repetidos enquanto subíamos a colina na traseira da picape.

A escola ficava no meio das paisagens abandonadas onde os ônibus não passavam mais. Na saída, eu ficava perto do antigo posto de controle esperando algum carro para subir, o dos agentes do desmantelamento, por exemplo, quando os barulhos recomeçaram.

Eram tiros. O carro me abandonou perto dos tiros. Continuei a pé e peguei um atalho para contornar a linha de tiros quando ele apareceu diante de mim
meu pai atirando em uma cobra presa na árvore, falava com ela, meu pai bêbado

— Você vai cuspir de volta! Anda, agora!
como se ele se dirigisse a alguém que pudesse lhe responder, meu pai, com os olhos vermelhos, ordenava à cobra que vomitasse imediatamente nosso cachorro Bobby a quem ela acabava de engolir

— Ou vou eu mesmo procurá-lo dentro do seu bucho!
meu pai berrava em cima da pobre cobra que não o escutava e, furioso, corria, empurrando Betty, sua companheira. Eu estava triste por perder meu cachorro e assustada por ver esse rosto do meu pai de novo.

Ele abriu a píton de fora a fora esvaziando uma carga atrás da outra, se esgoelando em volta do bicho, sentado num tamborete, depois em pé, seu vinho de palma na mão, e quando Betty decidiu que aquilo tinha que parar, achei que ia ser a vez dela de dançar sob as balas.
— Você quer o quê? Fala pra mim, o que você quer? O que você quer, afinal?
— Para. Quero que você pare com isso. Agora, por favor, para, Giovanni
e ela chorava, ficando de joelhos.
— E quero que você pare de beber. Você tá bebendo desde cedo.

Betty tinha atingido meu pai bem no coração ao evocar tudo aquilo que fazia com que ele nunca permanecesse com nenhuma mulher e ficasse sozinho, seu alcoolismo. Meu pai bateu na Betty com o cano do seu fuzil, e o sangue escorreu do rosto dela.

Não me mexi, achando que eles iam parar, que aquela discussão de beberrões ia acabar logo, que não era da minha conta, que estava realmente me lixando para tudo. Continuei a andar fazendo um pequeno desvio, quando ele pegou o tamborete e o tacou nas costas de Betty. Eu gritei implorando que ele parasse.

Quem era aquele pai que perdi agora e por que muitas vezes desejei a morte dele? Eu não sei ou talvez conheça bem demais todas as suas faces.

5.

Tinha me mudado para Vieux Lyon durante meu primeiro ano de faculdade, em julho de 2008, imediatamente seduzida pela arquitetura, certa de passar ali os meus melhores anos, de permanecer ali, as casas noturnas sempre perto. Meu pai, que me levaria para as férias, estava me esperando embaixo do prédio, cigarro na boca, pronto para partir.

Não era mais o mesmo homem. Meu pai com a aparência limpa, quase agradável, passou a mão nos meus cabelos, fechou a porta do carro atrás de mim, pegou minha bolsa.

Apoiei meus pés no painel do carro.

Cruzamos a França pelas pequenas estradas, parando às vezes em algumas cidades, alguns vilarejos, e minhas pernas esticadas na frente observando a fumaça do cigarro se espalhando. Eu espanava as migalhas das minhas coxas. Royan foi crescendo no para-brisa e subia pelas minhas panturrilhas, a igreja de Notre--Dame refletia no oceano, seus vitrais rosa e azuis. Meu pai dizia que tudo aqui era novo, a igreja de Notre-Dame e seu concreto, fino e amassado como uma folha, assomando sobre a cidade. Tudo aqui era novo: as casas e as ruas perfeitamente simétricas. Meu pai dizia que tudo datava do pós-guerra e havia sido reconstruído, como nossa família, pedreiros italianos que se mudaram para o interior nos arredores de Maine-Bertrand, Breuillet, Saujon, lá onde os terrenos não custam nada. Passamos por Royan e seu porto com restaurantes enfileirados em barracões brancos, antes de chegarmos a Saint-Palais e ao portão da vovó, sua entrada de cascalhos.

Fazia minhas mãos dançarem através da janela do carro para acolher o sorriso dela, vovó em frente ao portão, os braços abertos e seu vestido florido sob nossas malas descarregadas, que ela pegava
que levávamos junto com ela
para os quartos, eu sempre no fundo, meu pai perto da sua mãe, dois quartos na casa principal, e o novo no anexo, a antiga lareira agora desaparecida como as cores da cozinha, vovó tão doente que já não consegue se levantar, vovó desaparecia do mesmo jeito que as cores das paredes e a casa.

Ele deixou suas coisas no quarto colado ao da sua mãe. Eu fiquei no do anexo onde, dizia ele, eu poderia ouvir música sem irritar todo mundo, como se por algum momento, ao perceber que minha avó estava realmente morrendo, me tivesse passado pela cabeça irritar todo mundo. Minha avó de quem não me lembro mais, nem da cor dos olhos, nem do tom da voz. Minha avó de quem esqueci tudo, exceto suas pernas que se arrastavam, minha avó e seus olhos que já não me vêm à memória, assim como esqueceria um dia os do meu pai.

Meu pai pediu que eu me acomodasse no anexo para não irritar todo mundo; ele abriu a mala e tirou alguns presentes para sua mãe, a quem envolveu com um abraço.

* * *

E vovó desapareceu
e a família também
lentamente, como tudo

nesse último verão na poltrona, sorrindo para a enfermeira temporária e nas refeições todos juntos
— Você vai voltar para me ver
os olhos da vovó dos quais não me lembro mais, e suas mãos sovando a farinha jogada na tigela.
E eles chegaram: os tios, as tias e os primos.
Era o verão dos meus dezoito anos e meu primeiro ano de universidade, quando meu pai e eu voltamos para ver minha avó antes de ela morrer.

Naquela tarde, todo mundo tinha comparecido para a refeição. Meu tio Giorgio, e suas costas sempre curvadas, tinha estacionado o carro na rua e aberto o portão, deixando seus filhos entrarem com suas roupas bonitas, joviais e sorridentes, todos pisoteando os cascalhos um por um, meus dois primos, Dom e Hélène, incríveis, passando na frente do pai silencioso, seguindo sua mãe, Céleste, e sua nuvem de perfume, seu vestido branco, seu xale bem caro, as mãos apoiadas sobre o ventre sem nem sequer olhar para o marido Giorgio, nem para suas costas arruinadas de tanto pagar por todos seus caprichos.
E meu tio Antoni chegou, o mais novo dos irmãos, Clémence depois dele, um bebê no colo, o pequeno Eden, o primo caçula.
E minha tia Alda, a querida irmã mais nova do meu pai, estacionou, uma mulher de quarenta anos, divorciada havia anos, que dedicava suas semanas ao esporte e à meditação, titia Alda

sempre sozinha, independente, tão temperamental que chegamos a pensar que ela nunca mais voltaria a se casar, como dizíamos todos, titia Alda, descendo do seu carro e esperando seu filho Léo que estava atrasado, titia Alda para quem todo mundo falava:

— Por favor, deixa ele em paz! Ele já está crescidinho.

Primeiro meu pai, depois Antoni igualmente vivaz e franco, e minha prima Hélène, fruto do mesmo galho, seus longos cabelos loiros na parte de cima do jardim, debochando da minha tia que se remexia no portão:

— Talvez ele tenha ficado com a namorada, vai saber?

Minha prima Hélène ia para lá e para cá com as mãos cheias de pratos e travessas, Hélène — o pão cortado em fatias, o limão, arroz e peixe, para terminar, crepes, o vinho deixado na mesa, Hélène que, como todo mundo, não olhava para o seu pai.

E eles estão sentados como de costume, vovó à cabeceira da mesa com seu avental branco, titia Alda à direita dela perto do filho, os outros irmãos bem do lado com seus filhos, suas mulheres, fechando o círculo. Giorgio, ao lado do seu sobrinho Léo, que ainda não tinha chegado, mas tinha seu lugar reservado, seu filho, sua filha, todos ao redor da mãe, Céleste, refazendo a lista de tarefas a serem cumpridas:

— Primeiro, instalamos o gramado, depois a piscina até a primavera, mas temos de conseguir mais trabalhadores informais.

Céleste falava do marido como se ele não estivesse ali. "Ele não vai com a gente de férias para as Canárias." "Ele", o de costas curvadas que está perto do filho Dom que não olha para ele, "ele"

— Deve ir para Leclerc, onde tem promoções de joias no Manège, pegar o relógio e o bracelete que combinam com este anel

meu tio Giorgio que é evocado como uma terceira pessoa em sua própria presença, "ele"

— Nem sequer tinha acompanhado a gente na última viagem para o Marrocos e a Turquia
sua mulher Céleste falando no meio da mesa, falando sozinha, falando por seu marido, o qual ela trata como um segundo filho, ocupando todo o lugar.

Durante muito tempo, acreditei que meu tio Giorgio tinha se casado um pouco como se costuma fazer por aqui. Ele escolheu uma garota bonita da vizinhança, alguém que não seria relutante em se casar com o filho de um pedreiro. E como todo mundo, ele fez o necessário, aceitou os canteiros de obra, trabalhou aos domingos, comprou o terreno e preparou os alicerces, as paredes e o teto, dois quartos para os filhos. Hélène foi a primeira a nascer. Dom chegou algum tempo depois. Ele não queria para seus filhos a miséria de sua infância, um quarto para uma filha e três rapazes, o banheiro do lado de fora. Queria um terraço e ladrilhos com vista para um jardim, não o portão automático ou as árvores exóticas que chegaram logo depois.

Dava para imaginar bem o encontro deles, dois adolescentes se observando com o canto dos olhos no parque de diversões ou no sorveteiro. A garota é loira e rodeada por um bando de irmãos. E sem dúvida eles se reencontraram nos finais de semana. Talvez ele lhe tivesse oferecido um jantar para demonstrar que ele mesmo se sustentava. E numa noite, ele a pediu em casamento no beiral da porta em frente à casa dos pais dela, e foi ao ver a caminhonete de Giorgio partir à noite que Céleste escolheu essa vida com ele. E talvez eles tivessem se amado como dois amantes nos primeiros anos. Fazia vinte anos que a guerra tinha acabado, era um tempo em que ainda era possível ter esperanças. Não sei se Céleste amou Giorgio. Tudo o que vi foram as costas curvadas do meu tio que já não dizia nenhuma palavra, uma mão dobrada sobre a barriga e a outra mão na boca, encarando a televisão, escutando o rádio. Meu tio Giorgio nunca foi presente, ou então eu é que, como todo mundo, não o escutava.

* * *

Eden, o filho de Antoni, o mais novo dos meus tios, balbuciava, e todos se gabavam, meu pai mais que os outros, da grana absurda que ele estava ganhando lá na terra ensolarada, dos privilégios que ele tinha — a vida simples, o motorista e um salário de merda — para seus irmãos e sua irmã que aqui ficaram e o escutavam com os olhos cheios de admiração e desconfiança, meu pai com a boca cheia de palavras, como se estivesse preso em uma ficção de si mesmo, contando sua vida na cabeceira da mesa, meu pai expatriado com os seus, cativando-os com essa vida estranha que ele inventava e me fazia inventar ou que inventavam para ele

— Um dia cruzamos com uma pantera. Era da altura da Anna.

— Esse troço não era uma pantera então, era um elefante — disse meu tio Antoni brincando.

— Não é lorota. Ela saltou no capô, mostrou os dentes, colocou as patas no para-brisa e no teto.

— Giovanni, para, para, já deu. Vamos, outro uísque, isso vai te acalmar.

— Aceito mais um copo, mas sem gelo.

Por achar que os gelos ocupavam o lugar do uísque no copo, meu pai não colocava nenhum, mesmo em pleno verão quando um pouco de frescor teria permitido a bebida descer melhor.

— Mais, mais! Pode ir com tudo. Vai, enche mais, enche mais, vai. Estou acostumado, e vocês aqui têm uns copinhos de nada. Você acha que eu tô contando lorota, mas pergunta pra Anna. E a história do gorila, Anna, conta, conta pra eles

me incluindo nisso, me fazendo participar daquela ficção, dizer que o macaquinho era um gorila que vimos no jardim, meu pai tão fantasioso quanto eu seria um dia.

Eu contei para todo mundo que tínhamos visto um gorila, que ele tinha vindo no terraço da nossa casa no canteiro de obras, e que ele tamborilou as mãos no peito antes de sorrir para a gente e ir embora, e todos ficaram ali, boquiabertos, acreditando em mim, quando meu primo Léo, o filho de Alda, finalmente chegou na sua scooter, mais feliz do que nunca, dizendo para quem quisesse ouvir que ele tinha tomado uma boa ducha depois do futebol, como que para se desculpar com a sua mãe pelo atraso, ela que o ameaçava com o olhar, Léo entrando no jardim depois de todo mundo, como um presente esperado por todos, e inclusive por mim, que nunca esperava por ninguém, sua voz desenvolta, Léo que não hesitava, em pé ou sentado, abraçando sua mãe, abraçando sua avó, abraçando seus tios e primos, enquanto a mulher de Giorgio, Céleste, continuava jogando conversa fora

— Meu Dom terminou seu mês de experiência
e todos nós no meio daquilo, respondendo de maneira absurda, concordando

— Olha, que beleza!
— Ele vai ser contratado na Ilha de Oléron.
— Mas isso é muito, mas muito bom!
— Por um chefe renomado.
— Mas isso é muito, mas muito bom mesmo!

Existe ao menos duas faces desse pai, uma iluminada e outra na floresta onde ninguém mais entra, essa face do meu pai que ficou louco pelo excesso de álcool, se agitando sobre o corpo de Betty.

Quando eu digo que essa face do meu pai irrompeu na época de nosso desaparecimento na floresta do Gabão, ao lado dessa pobre Betty, que não estava esperando por isso, estou mentindo, como ele estava mentindo também, minto porque sei que essa face do meu pai sempre existiu, e que já tinha irrompido, uma vez.

6.

Foi em 1997, quando eu tinha sete anos, na época em que mamãe ainda existia e quando ainda não tínhamos deixado a floresta e o Congo. O cheiro do pão por todo o corredor atravessava as paredes, seu vestido branco, depois azul, longas tranças com panos como a sua pele, cobria a testa, gritava, os saltos tão altos que pareciam varas, as unhas vermelhas e pontiagudas como agulhas, arrastava o sol, jogava os braços
mamãe com os braços em volta do meu pescoço como cordas
mamãe com a pele como casca de tangerina, mamãe na cozinha debruçada sobre a mesa
e depois mamãe a fugir

— O que você não quer entender, o que você nunca quer escutar, minha querida Annabella
sua voz infantil, o rosto maquiado de cílios azuis corpo franzino, sua voz infantil, e os respingos de frutas sobre a pele

— Annabella! O que você nunca quer saber, é que você tem que organizar tuas coisas, tá entendendo?

— Sim, mamãe, entendi

corria atrás da minha cabeça grande e minhas mãos, os brinquedos espalhados pelo quarto ou amarrados no pelo do cachorro, se enroscando por entre as pernas
    — Anna!
da mamãe que
    — Se não fizer o que estou te dizendo, vou te deixar de castigo, tá?
andava ao redor do meu corpo, andava ao redor das minhas mãos, e o Papai Noel em cima da árvore, a estrela enorme, mamãe e a árvore de Natal de plástico trazida da loja, zanzavam acima de todo mundo entre os pacotes abertos
    — Annabella, estou falando com você!
e os amigos na sala, uísque e cigarro na mão, mamãe e o policial que me puxava como um canalha
    — Annabella!
    E foi assim que explodiu, por cima dos pratos, a cólera de beberrão do meu pai, sem que ele mesmo esperasse por isso, e o rosto da mamãe que cai
mas antes as guirlandas pelo chão e a cascata de copos
    — Pede desculpa!
que explode com seu corpo que ele arrasta.

    Eles dois tinham se levantado mais animados que o normal, ela por receber, ele por exibir a mulher, a filha, a casa e o cachorro para os vizinhos, a camisa entreaberta, expatriados barrigudos, transpirando cerveja quente e vinho de exportação, escórias de todas as nações, italianos, espanhóis, franceses, iugoslavos, russos, fugindo de alguma condenação ou decepção amorosa, exilados de suas famílias e de suas pátrias, que vieram à África para encontrar outra salvação, um posto numa empresa, ou para viver livremente suas perversões, as mulheres em seus braços cada vez mais jovens. E foi assim que explodiu no meio dos convidados

depois das 4 × 4 estacionadas na entrada e da mesa de centro repleta de gim. Explodiu por cima da coca-cola e das garrafas de champanhe, a cólera do meu pai que não suporta que a mamãe cresça
mamãe com as tranças nas costas e depois na bunda
e o mundo de costas para seus seios
se agarra ao redor dela
mamãe com o coração pequeno, mas redondo, atravessando o tecido, esbarrando nos ombros, as pernas às vezes abertas quando se senta, deixa cair o vestido nos braços dos menininhos pendurados em seu pescoço, mamãe com o sutiã vermelho, mamãe com seus dezenove anos e já tão velha com a maquiagem, mamãe com a testa arredondada.

    Era Natal e os saltos da mamãe escalam todos os corpos quando ela traz os pratos, rindo como ela gostava, sobre o gordo Tazouk e Mario, Mario com suas mãos nas dela, e meu pai na outra ponta da mesa continua bebendo e olhando para ela, mamãe pegando as mãos de Mario enquanto sussurra

    — Eu sei ler e estou vendo as coisas
    — E o que você está vendo?
    — Uma mulher
sorrindo para Mario enquanto meu pai não tira os olhos dela, os pratos empurrados entre os dois corpos, o pão também, gritou
    — Minha querida
    E foi assim que explodiu entre o frango assado e as bananas flambadas, afugentando todo mundo, a voz do meu pai distante da mamãe fazendo deslizar seu garfo no prato vazio, repetia
    — Minha querida
    — Minha querida
    — Minha querida, dá uma olhada se ainda tem batata. Eu disse: "Dá uma olhada se ainda tem batata cozida na cozinha".
a voz do meu pai na mesa caminhando pelo corredor, seguia as mãos da mamãe com o olhar, perseguia o corpo dela

— Você quer um pouco mais de champanhe?
repetia
— Querida, ei, ei! "Dá uma olhada se ainda tem batata..."
E a cólera de bêbado do meu pai explodiu no rosto da mamãe e no seu vestido claro, afugentando todos os convidados, primeiro as famílias, aquelas que precisavam pôr os pequenos para dormir, os bebês e inclusive as crianças que não precisavam ir dormir, e foi a vez dos casais um pouco de porre, e depois Mario por último, quando explodiu a cólera de bêbado do meu pai contra mamãe que no entanto ele ama, depois do último convidado e da porta fechada, as mãos do meu pai no pescoço dela, jogando-a igual a uma boneca contra a parede a dez centímetros do chão

— Que merda você estava fazendo?
E foi assim que explodiu no corredor e no quarto, fazendo explodir os móveis contra a porta e a parede, a cólera do meu pai destruiu o mundo

— Pede desculpa, pede desculpa agora; eu te achei na beira da estrada de pés descalços, você não é ninguém, uma caipira, te dei banho, te tirei da miséria; você lavou sua cabeça cheia de piolhos aqui, a sua bunda suja e a sua boca fedorenta também, bem aqui; dei dinheiro pra sua família, pros seus irmãos, pras suas irmãs, pro seu tio. Lembra? E tudo isso pra quê? Pra você cagar na minha boca? Me desrespeitar na minha casa? Na minha casa? Você tem coragem de me humilhar na frente dos meus amigos, uma menina que vinha aqui de pés sujos, que não sabia nem falar francês, agora me humilha na frente dos meus colegas de trabalho? "Eu não poder falar francês, desculpa, desculpa", sua boca suja igual sua bunda e agora fica me respondendo? Volta aqui, vem aqui e olha pra mim quando tô falando com você

e ele arrancou as tranças e as unhas dela

* * *

— Tudo isso, tudo isso é meu: é meu dinheiro que paga tudo isso.

— Vou embora, Giovanni, vou te deixar, vou levar a menina.

— Tenta algum dia, tenta uma só vez levar minha filha, tenta relar nela um segundo, tenta tocar na minha filha que você vai ver só o que vai te acontecer. Vou meter a polícia em cima de você, e a embaixada, tenta relar uma só vez na minha filha; ela é francesa, minha filha é francesa; e minha filha, você não tem o direito de levá-la

e mamãe caiu no chão, e sua cabeça bateu no canto da cama

— Mamãe.

— Annabella, volta pro seu quarto — gritou meu pai.

Meu cachorro Bobby se interpôs entre nós.

Meu pai deixou o quarto e depois a casa, quando mamãe parou de falar; ele ligou o carro e fez a curva buzinando para o cachorro, que o perseguia.

Eu permaneci no corredor.

Os presentes e a árvore de Natal tinham caído.

Caminhei até o quarto onde o cachorro, agora de volta, remexia o rabo sobre o corpo da mamãe que já não se mexia

— Mamãe? Mamãe?

andei ao redor da cabeça dela coberta de sangue

— Mamãe, se você não acordar, vou te deixar de castigo, tá? Mamãe, acorda agora.

o cachorro lambia o rosto dela

— Mamãe, não vou mais te ajudar na cozinha, mamãe, não vou fazer mais nada pra você, mamãe acorda ou vou contar tudo pro papai quando ele voltar, vou falar que você não está se comportando, vou dizer tudo; vai mamãe, mamãe obedece logo. Acorda, tô te pedindo pra levantar agora, mamãe. Se você acha que vou ter pena de você, só porque você tá se fingindo de morta, negativo, quem você pensa que é, mamãe? Acorda ou vou te deixar de castigo: mamãe, tem que arrumar a casa inteira, você nunca obedece!

Peguei a cabeça da minha mãe, que deixou sua mão cair.

Mamãe ressuscitou na manhã do dia seguinte e fez as malas. Primeiro ela veio me ver no quarto e pediu ao meu cachorro Bobby se ela podia entrar. Seu novo rosto inchado, cheio de hematomas, o assustava. Pedi ao Bobby que parasse de latir para ela, que ainda era a mamãe, que ela podia entrar no meu quarto, que estava tudo bem. Fui na direção dela e a peguei pelo braço

— Estou feliz, mamãe, porque você não morreu, e hoje você está bem, você acordou. Vai poder arrumar a casa.

Ela encostou as duas mãos no meu rosto.

— Annabella, precisamos conversar sobre seu pai.

— Onde ele tá?

— Não sei, mas preciso ir embora antes que ele volte, vou embora e ficar na casa do Mario por dois ou três dias. Depois, arranjo um carro e vou para a cidade.

— Mas por que você vai embora?

— Você quer vir comigo?

Fiquei em silêncio. Ela recomeçou

— Você vem com sua mãe? Você quer?

— Não, vou ficar com o papai e você também vai ficar com o papai. Você vai fazer o que na casa do Mario? Por que você vai embora? Por que você toda hora fica fazendo besteiras? Papai vai gritar com você de novo, papai vai ficar com raiva de você de novo.

— Vou ficar na casa do Mario dois dias no máximo, depois vou embora.

— Mas vai embora pra onde?

— As coisas ficaram muito complicadas com o papai.

— Você não ama mais a gente? Como vai fazer pra viver? Você nem tem dinheiro.

— Sei que você sempre amou mais o papai do que a mim. Sei disso, Annabella, mas eu não amo ninguém como eu amo você. Sempre lembra disso nessa sua cabecinha.

— Então se você me ama, fica aqui. Fica comigo e com o papai, mamãe, por favor.

Segurei o braço dela com firmeza.

— Não posso mais ficar com o papai, Annabella. É uma coisa que você tem que entender. Eu vou embora.

— Então vou ficar com meu papai, já que você vai embora.

Em outra época, antes da grande disputa, antes de a mamãe me criticar por preferir meu pai, antes de o céu cair em nossos braços, vivíamos às gargalhadas, nossos corpos pelo corredor em cima dos ombros do pai, que nos carregava, e, uma de cada vez, nos jogava na cama dos prisioneiros.

Mamãe me encontrava após ter sido desmascarada atrás da cortina do banheiro
e o sorriso dela beijava o meu
em outra época, quando vivíamos de brincadeiras, de esconde-
-esconde, nossos corpos estirados debaixo da janela, perdidos na luz: era sempre no domingo à tarde que mamãe e o cheiro de carité caíam nas minhas mãos.

Ao acordar, mamãe mergulhava seus braços nos cobertores, com os quais ela enchia a cama durante as temporadas de chuva; ela me tirava do travesseiro e do cheiro do cachorro, e eu abandonava minha cabeça no ombro dela, e seu rosto, tão gelado como as vidraças pela manhã, acariciava o meu rosto.

* * *

Era sempre no domingo, em cima das tigelas, do chocolate quente, da fumaça em espiral que eu perseguia, como os cachos no meu rosto.

O relógio pendurado na parede marcava nove horas, e o ruído da faca na fatia de pão que ela forrava de manteiga e aterrissava na minha boca: a brincadeira do aviãozinho, que partia do prato e dos talheres, decolando em cima do meu nariz fazendo barulho de hélices e de motor.

Depois do café da manhã, com as bochechas cobertas de migalhas, o pijama manchado e meu elefante de pelúcia nos braços, eu subia na mesa e brincava de cair

— Pronta? E um, e dois, e
nos braços da mamãe, que me pegava em pleno voo, me girando acima do mundo; e seu sorriso retinha toda a luz, atravessava as paisagens e os cenários sem nunca se apagar: nada podia deter o momento.

Era sempre no domingo, depois do café da manhã, o sorriso da mamãe, e seus dentes pequenos como pérolas, abria bem os olhos, jogava meu corpo em cima do seu rosto, e suas tranças amarradas no lenço de noite criavam raízes no chão.

Ela me girava acima dela quando diante do seu sorriso fiquei séria e, de repente, refleti no que deveria lhe dizer.

Mamãe me colocou no chão e pegou na minha mão até chegarmos ao banheiro. Eu segurava a dela com menos delicadeza.

Ela colocou o banquinho debaixo da pia antes de pegar os pentes. Parei de sorrir na hora. Estava decidida a lhe dizer. Ela hidratava com creme e um pouco de água meus cabelos cheios de nós cujos laços a noite havia reforçado e deixado feito lianas

— Nunca vi uma menina mestiça com cabelos tão crespos.

Você não pegou o cabelo do seu pai, só o mau humor dele. Você prefere maria-chiquinha ou tranças?
ela separou o cabelo e enfiou o pente
— Rabo de cavalo, mamãe.
— Rabo de cavalo? Só um rabo de cavalo? É sempre um rabo de cavalo, nunca tranças...
Como comecei a me derramar em lágrimas, a franzir a testa no espelho, a não querer mais cooperar e a chacoalhar os ombros, ela desistiu das tranças e prendeu tudo com um elástico
— Tá aí seu ninho de rato!
Meu pai ficou rindo no batente da porta, dizendo que eu sempre conseguia o que queria, que ninguém podia confiar em mim; ele se aproximou do espelho, me tirou do banquinho dos suplícios, beijou meu rosto e as falsas lágrimas nele, e eu disfarcei um sorriso de triunfo, suspirei como um cachorrinho, e retomei o fôlego atormentada pela ideia de que alguém pudesse ficar fazendo tranças em mim durante horas. Mamãe pegou seu estojo de maquiagem e olhou para os céus, inclinando seu busto na borda da pia para refazer o olhar tenebroso.
Imediatamente, saí dos braços do meu pai para subir de novo no banquinho e assistir ao espetáculo. Fiquei dando sugestões de cores, *khol* preto ao redor dos cílios e, mais acima, um azul-escuro como reforço para o rímel.
— Espera, vou colocar, mamãe
— Segue bem na linha do olho, bebê
Depois desenhamos as sobrancelhas, uma linha altiva acima das arcadas, antes da base. Ela soltou os cabelos, esfregou a manteiga de carité em nossas mãos, e apliquei o tratamento em cada uma das tranças; e o batom, entre seus dedos, como última oração, dava graça ao rosto da mamãe.
Então, desesperada, me virei para o meu pai e perguntei se ele achava que um dia eu seria tão bonita quanto ela, e meu pai respondeu, rindo:

— Mas você sabe muito bem que você é igualzinha ao seu pai, Anna.

Saí dos braços do meu pai, saí do banheiro, corri até a cozinha para encontrar esconderijos para a brincadeira da tarde. Esconderijos na cozinha, esconderijos na garagem.
Depois do almoço, vou falar para a mamãe que eu não quero mais ficar no time dela.

Era sempre às onze horas, com o sol se espalhando pela casa, que mamãe voltava para a cozinha e meu pai ouvia música na sala enquanto bebia um copo de uísque, fumava seus cigarros. Era sempre às onze horas que ele queria que dançássemos. E, em frente ao aparelho de som, refizemos todas as coreografias de Michael Jackson que vimos pelos canais via satélite. Meu pai me carregava, dava grandes goles nos copos, ria por cima do meu rosto; mamãe voltava para a sala, com uma concha na mão, para nos mostrar como se dançava o *moonwalk* direito.
— É assim quando se leva a dança muito a sério, não como esses dois aí que ficam fazendo gracinhas
e ela chamou o cachorro como testemunha, se metia em nossas coreografias, e eu fazia ondas com os braços entre mamãe e meu pai, como os dançarinos de hip-hop na MTV.
Meu pai apoiava as mãos na cintura da mamãe, e beijava seus ombros, enchia mais um copo para ela; eu fazia meu elefante de pelúcia dançar, fazia as orelhas do cachorro dançarem.

Quando fomos à mesa para o almoço, meu pai já estava bêbado, decidi contar tudo para a mamãe depois da sobremesa.
Enfiei minha colher no bolo e falei para ela num tom bem firme

— Mamãe, você pode ter o seu próprio time? Não quero ter você no meu. Você não sabe correr, você não sabe se esconder, papai sempre te encontra, você é muito grande.

Ela olhou para mim como se tivesse dito que não a amava mais, os olhinhos enrugados, suspeitos, um olhar de soslaio.
— Tudo bem, srta. Annabella Morelli, você não vai ser mais do time da sua mãe.

Após a refeição, ao redor da cama que nos servia de prisão, quando meu pai fechou os olhos para começar a contar, saímos correndo cada uma para um lado. Escondi meu cachorro debaixo do carro e eu me fechei no armário da cozinha.
Naquele dia, fui apanhada primeiro, nem cinco minutos após ele ter dado uma volta pela casa. Quando meu pai abriu a porta do armário embaixo da pia, dei um grito tão alto que o cachorro correu da garagem com tudo para me encontrar.
E carregada nos ombros do meu pai, fui a primeira a ser jogada na cama dos prisioneiros, antes que as tranças da mamãe e o cheiro de carité fossem depositados sobre meu rosto.

Mamãe diz que eu prefiro meu pai a ela e que meu pai prefere a mim a qualquer outra pessoa.
Mamãe diz que eu prefiro meu pai a ela, e talvez ela tenha razão: sou uma criança que prefere o poder.

A mala da mamãe cruzou o quarto e topou com a cama. Ela cruzou o quarto e a sala, a porta de entrada e bateu as portas da 4 × 4 no meio do pátio.

E minha mãe me deu um abraço apertado, com seus braços que ela arrasta até o carro, seus braços em torno do meu corpo, e que agora vão embora. Mamãe me deu um abraço apertado, antes de fechar a porta do carro, enquanto eu estava sentada em frente à porta de entrada com o cachorro e a empregada, Rosaline, deixando para trás a minha cabeça grande e suja, deixando para trás meu pai ainda bêbado na sala: minha mãe me tomou em seus braços antes de partir, e a poeira cercou a casa e meu corpo, rompendo o laço de pele que nos unia desde sempre.

E Rosaline me carregou no quadril, como as pigmeias do vilarejo que costumávamos observar no rio, ela me colocou em cima da mesa da cozinha

— O que você quer comer, Annabella? Vai querer comer o quê, minha querida? O que você quer comer? Não vai responder? Você não quer mais falar? Não vai falar mais agora, acabou? Annabella, a que sabe mais que todo mundo, não fala mais, ela ficou muda?

— Eu quero... Quero um omelete de chocolate com ervilhas e presunto e caramelo e xarope de romã.

— Vou fazer um omelete de chocolate pra você.

— Com ervilhas

— Com ervilhas e presunto e caramelo

— E xarope de romã.

— E bastante xarope de romã para uma menininha muito linda, que é muito corajosa.

— Igual ao Donatello das Tartarugas Ninja

— Sim, como Donatello

Rosaline, a empregada, me apertando bem forte contra seu coração.

E os meses se passaram sem que eu voltasse a ver o rosto dela em uma 4 × 4 branca revirando a poeira, meses, eu acho, sem que ela voltasse, zanzando em volta da porta, meses suspensos nos galhos da mangueira na expectativa de que o sangue não explodisse minha cabeça ou que a voz de Rosaline gritasse

— Desce daí agora! Essa aí tá louca! O que você ainda está fazendo aí, Anna? Desce daí
repete aos quatro cantos que eu estou deixando todo mundo preocupado, tanto para Makani, o cozinheiro, quanto para o meu pai

— Annabella está entediada, ela precisa de amigos, senhor, ela tem que brincar com as outras crianças do vilarejo
que respondeu

— Vou ensiná-la a atirar com um fuzil de caça.

* * *

O som das balas atravessa a planície depois do terraço, estou deitada de bruços, olhando na mira a vida dividida em quatro ângulos retos, meu pai por cima dos meus ombros
— Tem que acertar os pássaros em pleno voo sussurrando nos meus ouvidos
— Você tem que ser tão perspicaz e furtiva quanto eles muitas vezes meu pai falava de mim como se eu fosse um garoto, como se eu nunca fosse me tornar uma mulher
— Você tem que segui-los com o olhar e com paciência, com amor; e aí, você mata eles.

Eu atirei e o pássaro caiu, morreu a alguns metros do nosso terraço...

E se passaram meses sem que eu voltasse a ver o rosto da minha mãe, meses de cólera já pela manhã, quando saio da cama, meses de cabelos sujos, me esquivando do mundo, me esquivando da minha vida, me esquivando de mim mesma, e da porta, passando pela janela do banheiro, meses fugindo, uma janela que dava para o pátio onde eu sussurro para o meu cachorro
— Aqui aqui aqui, vem; pula, meu bebezão!
E os meses se passaram saltando pela janela com o labrador adormecido que apoia as patas no parapeito, se mexendo, sem hesitar mais.

Meses se passaram sem que eu voltasse a ver o rosto da minha mãe, às vezes sozinha na sala, meses vendo televisão, uma menina em um filme que atira em todas as mesas, e nas paredes e cadeiras.

* * *

Ela tem o cabelo curto.

A janela dos banheiros pela qual ela tem que escapar está bloqueada. Deixaram-na lá, sem saída. Ela atira na multidão enquanto grita para fugir. Ela se chama Nikita.

Pedi que Rosaline cortasse meus cabelos e os meses se passaram explodindo os móveis da sala ou a casa no fim da rua, a casa inteira, um olho fechado e o outro na mira da minha pistola de água, um braço estendido e pronto
— O que você está fazendo de novo, Annabella?
e os meses se passaram
— Estou treinando para me tornar agente secreta, papai! Vou cuidar das eliminações dos alvos
sem que eu voltasse a ver o rosto dela ou talvez fosse a cólera, as frutas caídas várias vezes da árvore, três pítons mortas na época das grandes enchentes, meu cabelo que é cortado e que cresce do mesmo jeito que as minhas pernas, as quais não se pode cortar; meses se passaram sem que eu conhecesse mais o rosto dela.

E meu pai pediu ao sr. Lokossa que viesse em nossa casa, o professor do vilarejo, para me ensinar aritmética, a ler e preencher as lições a serem enviadas para a central do CNED* de Nantes, no avião que reabastecia o acampamento todos os meses.

— Preste atenção no que você escreveu, srta. Annabella. "Peito" se escreve com "t", se não vira peido, e não sei se seus professores querem saber dos seus problemas intestinais.

* Centro Nacional de Ensino à Distância. (N. T.)

— O que quer dizer "intestinais"?
— Quer dizer que as pessoas não precisam ficar sabendo que você sofre de gases.

E os meses se passaram ou talvez eu esteja exagerando, os primeiros galhos das árvores na altura do meu queixo, as lições cada vez mais volumosas, devolvidas com anotações, as conversas com um professor que eu jamais encontraria, depois um dia numa lição:

"minha estimada Annabella"

E os meses se passaram em um verdadeiro ano letivo em que "minha estimada Annabella" gerava expectativa: a sra. Chenut rabiscava no canto direito da folha algumas palavrinhas: "Estou contente de saber que 'Ernest Moustique', personagem recorrente das suas redações, encontrou na leitura um refúgio, uma diversão, uma alegria. Já que nosso querido Ernest se perguntava como se tornar um escritor, então me permito lhe responder o seguinte: para se tornar um escritor, é preciso primeiro ser um grande leitor. Mas você acha que é possível conciliar uma carreira de espiã com uma carreira de autora? Dê um abraço no Bobby por mim".

E os meses se passaram em um ano letivo em que esse mesmo ano também voou com a sra. Chenut nas anotações da lição.

E de repente num domingo, quando havíamos trocado o Congo pelo Gabão, quando havíamos nos acomodado em Mounana, quando eu já havia aceitado as condições da minha solidão, meu pai entrou no quarto para me dizer que ela viria me visitar, ela em quem eu não investia mais, nem em termos de amor ou desejo ou lembranças, ela cujo rosto agora me parecia vago, ela a quem eu costumava ver no limiar da porta ora vestida de azul, ora vestida de branco, ora de preto, viria para o meu aniversário ou durante as férias, na Páscoa, no novo acampamento para onde havíamos nos mudado, a cidade dos executivos no alto de uma colina, para fugir da guerra, seguindo meu pai com as malas dele numa picape, com meu cachorro no colo.

Agentes de segurança controlavam o acesso e protegiam as casas dos empregados que vieram para a exploração de madeira e de manganês. Eu havia feito novos amigos que conheci no clube numa tarde, Michaëla e Razvan, pelo menos três anos mais velhos que eu, também viviam aqui. Já não havia Rosaline, já não havia Makani, que tinham me educado após a partida da minha mãe, mais uma empregada e um cozinheiro de cujos nomes eu não me lembro mais.

Ele entrou no quarto onde eu estava olhando para os meus pés estirados na cama, pensando em Razvan,
— Ela vem te visitar
para falar da minha mãe que não significava mais nada para mim.

Depois, à mesa, como eu não perguntava nada, não respondia, ele recomeçou:
— Liguei para a família da sua mãe em Pointe-Noire. Eles me passaram o número da sua mãe. Ela agora está vivendo no Gabão com o novo namorado. Eu dei autorização para ela vir te ver. Ela vai vir para o seu aniversário depois da Páscoa. Não vai dizer nada? Você não se importa?
— Poucas coisas me interessam na vida, você sabe, papai — respondi enquanto deixava a mesa para ir encontrar meus amigos.

* * *

    E os dias se passaram, Razvan e Michaëla na piscina, nossos corpos na roda e as poças de água, Razvan colocando suas mãos nas minhas na piscina e a língua no fundo da minha boca. E os dias se passaram, o bar lotado de gente esperando em suas mesas para que alguém anotasse os pedidos, eu que não sabia se devia me levantar ou ficar esperando na cadeira, olhar para a mãe da Michaëla secando o cabelo da filha, acariciando seus ombros.
    Eu estava na beira da piscina, escrevendo alguns pensamentos numa caderneta, minha toalha sob o queixo, sem saber se devia ficar ali, observando as crianças e os pais usando alpargatas, de mãos dadas, rindo juntos. Anotavam as bebidas consumidas na comanda, que era acertada no final do mês: os lanches, o aluguel de toalhas, de guarda-sol. "Ernest Moustique" havia sumido, um "eu" persistente e solitário invadia as páginas do meu caderno; ele documentava todos os estados de um ser inconfessável, ciumento e às vezes perverso. Eu era uma garota de aparência agradável e sorridente que era capaz de escrever coisas horríveis como "o que mais sinto falta na minha vida é ter pais mortos". Na minha caderneta, eu planejava tudo o que ia fazer na minha vida futura: seria escritora, livre, sem dever nada a ninguém.

    E os dias se passaram sem que eu a esperasse, ela a quem já não conhecia, ela a quem já não via, nem sequer em sonho, dias subindo na traseira da picape, brincando no bairro operário sob a colina, observando as crianças que não se aproximavam de mim, não mais do que as do bairro dos executivos, exceto Michaëla, exceto Razvan, o bairro operário e as casinhas brancas, uniformes em suas alamedas comuns. Os dias se passaram até o sábado em que meu pai inspecionou na sala meus cabelos revoltados, verificou minhas mãos, me pediu para guardar o caderno que eu carregava para cima e para baixo.

— Faz favor de ir tomar banho; e corta essas unhas.

Os dias se passaram sem que eu esperasse, mamãe e seu vestido bem curto, saindo do carro, jogando o *mega-hair* para trás

— Sua mãe chega hoje, logo mais!

Minha mãe tem os olhos e os longos cílios azuis como suas unhas quando ela me toma em seus braços, girando

— Tá vendo, a sua mãe não mudou nada

seus ombros angulosos como seus quadris, mamãe de pernas infinitas, me aperta não se sabe como em seus braços tão magros

— Minha bebezona! Como você cresceu. Você já é uma mulher

mamãe que acha que me ama por apertar minhas bochechas, diz

— Olha, isso é pra você, mandei fazer especialmente pra você, meu amor

prende no meu pescoço um colar com meu nome gravado, para redimir o tempo e os anos de ausência

— Annabella, minha querida!

— A senhora está atrasada.

— Nem um obrigado, Annabella? Me dá um beijo pelo menos

mamãe com perfume de cerveja, cigarro e noitada, mamãe que trabalhou por um tempo nos bares antes de encontrar um namorado, ela diz

— Espera, vou te apresentar

pega minha mão

— Jérôme, essa é Annabella, minha filha.

— Bom dia, Annabella.

— Ela não é bonita?

— Sim, ela é tão linda quanto a mãe.

— Bom dia, senhor.

Eu recuo, tiro as mãos que ele apoia nos meus ombros, acariciando-os de modo muito sensual.

Era o início das férias de Páscoa, e o sol nas árvores
vesti meu macacão mais bonito
aquele xadrez
contei os segundos, esperei sobressaltada, pus meu sorriso mais bonito e desviei de um carro que quase me atropelou. Eu corria tão depressa, com tanta intensidade, tinha largado tudo, a caneca de chocolate quente e a torrada, pulei nos braços do cozinheiro que estava no caminho

— Minha mãe vem me ver! Minha mãe vem me ver! Hoje mesmo! Ela chega hoje mesmo! Na escola, vou contar pra todo mundo que minha mãe veio de passagem, correndo, bem rápido, a fivela do meu botão enroscou no avental dele

— Tô tão feliz! Tô tão feliz!
minha alegria suplantando os dias, os meses, e todos os anos de silêncio.

— Que bom, Annabella! Que bom que a sua mãe vem te ver.
— Obrigada!

A rua então vazia só estava nos esperando, um cruzamento onde os carros e o barulho dos motores iam e vinham, Mounana e aquelas residências de expatriados, suas entradas muito particulares, gueto de ricos, gueto de brancos, uma pessoa a cada dois metros para assoar nosso nariz.

E ela me tomou em seus braços
— Espera, vou te apresentar. Jérôme, Annabella.
— Bom dia, Annabella.
— Mamãe, quero ir com você
e respondeu

— Não tenho dinheiro para cuidar de você, meu amor. E também seu pai nunca iria aceitar. Ele nunca vai aceitar que eu te leve.
e ela riu
— Ele é capaz de me matar se eu te levar. Você nem imagina.

E, ao perceber que eu não estava mais olhando para ela e tinha desviado o olhar, ela acrescentou:

— Eu apareço pra te ver. Para de fazer cara feia, Anna.
— Mamãe, você não tá falando mais como antes.
— Eu cresci, Annabella, você também tá crescendo.
— Então, eu nunca vou poder te visitar na sua casa?
— Eu vou voltar, posso vir no ano que vem se você quiser.
— No ano que vem?
— Sim.
— Não vale a pena você voltar, mamãe. Não preciso te ver.

Houve um longo silêncio:

— Você está dura agora, Anna, estou percebendo: você mudou. Você tem uma personalidade muito dura. Você ficou igual ao seu pai. Você está falando comigo sem nem me olhar nos olhos, sendo que sou sua mãe. Desde que comecei a falar com você, não olhou sequer uma vez nos meus olhos.

— Eu pareço com meu pai porque você me deixou com ele. Você quer que eu seja parecida com quem se você me deixou com meu pai: que me pareça com você? Hein, mamãe, fala pra mim, com quem você quer que eu me pareça? Você às vezes pensa quando fala ou só é idiota?

— Annabella.
— Annabella o quê? Não quero mais que você volte aqui. Não quero mais te ver. Acabou, mamãe, não precisa mais voltar aqui se for pra me fazer perder tempo. Não preciso conhecer gente como você.

* * *

E deixei a rua sem olhar para trás e corri para os braços do meu pai que me acolheu como sempre me acolhe
— Annabella, minha filha
meu pai encostou a palma das suas mãos nas minhas e começou a dançar comigo; apoiei meus olhos marejados nos ombros dele
— Annabella, minha filha, você tem que entender, desde agora, que ninguém vai te amar como eu te amo.

E os meses se passaram com um cansaço cuja origem eu não entendia, eu geralmente tão ligada, meses com um cansaço que me deixou pregada na cama por mais de um ano antes desse despertar de destruição. E sem saber por que, eu não queria mais comer nem dormir; e sem sentir qualquer prazer, pelo menos no começo, afanava cigarros e roubava garrafas de bebida alcoólica na sala, fumava sem tragar a fumaça, tomava porres em arbustos afastados de todo mundo, e chegava em casa bêbada pela porta de trás, e topava com o cozinheiro, que já não me reconhecia, e esbarrava na empregada, a quem eu ameaçava, e já não visitava meus amigos e dormia direto no chão quando me faltava coragem de voltar para a cama. Alguns homens mais velhos tinham ouvido falar de uma garota que sempre precisava de cigarros e bebida, e mostrava os seios de bom grado para quem lhe desse. Eles estavam de passagem, interessados na exploração de manganês, ficavam alojados nos conjugados próximos ao clube, libaneses, italianos, eslovacos, eu os via durante uma semana e depois não os revia mais. Eles me levavam para o conjugado, depois para o quarto, achavam que eu era uma garota da aldeia, me ofereciam álcool, me davam dinheiro; eu, bêbada na maior parte do tempo, dormia bem antes de começar a entender o que estava acontecendo comigo. Os burburinhos e os rumores chegaram aos ouvidos do meu pai, que um dia acabou me encontrando deitada na cama com uma garrafa no colo.

Fui punida. Ficava de castigo de manhã até à noite, me vigiavam. Ameaçavam me deixar sem mesada para o clube. Queriam me mandar para um psicólogo, a mãe de Michaëla e a própria Michaëla estavam preocupadas comigo, Michaëla não podia mais me visitar enquanto eu não melhorasse, Razvan estava apaixonado pela Michaëla, eles andavam juntos de mãos dadas, as mães deles se davam muito bem, e eu não tinha uma.

No ano em que fiz doze anos, me fizeram entrar num carro e me levaram à capital para passar por uma consulta médica, me vestiram com roupas de doente, fizeram coletas de sangue e disseram ao meu pai que eu estava com depressão, o que meu pai traduziu como "Qualquer saída está formalmente proibida sem uma vigilância rigorosa".

E meu pai me levou para tomar sorvete, caminhou do meu lado por muito tempo em silêncio, entramos em uma livraria mantida por uma senhora que usava uma cruz de madeira, sem dúvida uma freira. Ele comprou livros sobre a adolescência e me pediu para escolher um presente. Peguei o primeiro exemplar que encontrei, o livro que me pareceu o mais curto. Até então, só tinha lido trechos de obras literárias reproduzidos nos manuais do CNED. Quando coloquei o livro em cima do balcão da livraria, a senhora me perguntou se eu não preferiria um romance de aventuras ou uma história de amor, já que As flores do mal era bem complicado para a minha idade. Respondi que preferia ler este livro porque tinha menos páginas.

Quando voltei para o acampamento, não via mais ninguém, ficava deitada na cama, lendo. Assim como Charles Baudelaire, eu queria escrever poemas que abalassem a mente dos leitores. Gostava mais de uns do que de outros, porque se dirigiam diretamente ao meu coração como a voz de um amigo íntimo. Eu lia "Harmonia do entardecer", lia "A negação de São Pedro", lia "O heautontimoroumenos", e apoiava o livro sobre o peito. Outras vezes, sentada à beira da piscina, encarava o sol e, atordoada pela luz, caía escutando o barulho da água, fechava os olhos para sentir o peso dela nas minhas pálpebras, antes de me abandonar até o fundo.

No início da adolescência, fiz do meu corpo o lugar de todas as experiências. De bicicleta, descia a colina com tudo, sem olhar a estrada: parecia que as verdades do mundo penetravam na minha alma através do corpo.

Enquanto estava testando minha sensibilidade, Michaëla e Razvan se separaram. E por não conseguirem mais se suportar, queriam que voltássemos a ser amigos.

Então, eles vinham na minha casa, apareciam no meu quarto sem bater, abriam as janelas, desabavam cada um em um canto da cama onde nós três dormíamos. Lia para eles os poemas que eu achava bonitos, sem esperar que eles entendessem por que o último verso de "Harmonia do entardecer" me levava às lágrimas.

E se passaram seis meses dessa melancolia em que Michaëla e Razvan desabavam na cama, um de cada lado dos meus braços, sacudiam o livro em cima do meu rosto, seis meses se passaram até que chegou de carro uma carta para me avisar sobre a morte da minha mãe. E foi um alívio. Quer dizer, eu acho.

Quando Michaëla e Razvan me perguntaram por que eu estava chorando, respondi que era porque a minha mãe tinha se casado de novo, que ela tinha ido embora para morar em outro país e eu não voltaria a vê-la antes das férias.

Naquele dia, eu preferi a ficção à vida em si.

7.

Ficamos esperando em volta da mesa, o telefone colocado no meio dos cafés, dos cigarros e das garrafas de água, a ligação do advogado.
E o telefone tocou.
Antoni acionou o viva-voz. O fone cuspia um som arrogante que parecia vir de outro mundo.

O advogado detalhava as etapas, dizia que ele ia passar o endereço de um tabelião no bairro de Bonapriso em Douala, que tínhamos de encontrar outro tabelião em Saint-Palais, dizia que os dois tabeliões entrariam em contato para o embargo dos extratos da conta. Eles iriam, dessa forma, encontrar os rastros de uma transferência vinculando a sociedade SISCO BOIS Camarões a meu pai.
Frequentei muito o bairro de Bonapriso durante toda a minha adolescência. Com treze anos, quando deixamos o Gabão para morar em Camarões, seis meses depois do fracasso da exploração de manganês, a esperança de dias melhores na 4 × 4

com os baús e as malas na traseira, vi o bairro de Bonapriso surgir depois do porto. Aquelas longas avenidas limpas onde se oferecia a sombra das palmeiras, tão tranquilas quanto o azul dos portões. Guardas armados em frente às mansões, as quais imaginávamos espaçosas e com piscina. Frequentei Bonapriso durante toda a minha adolescência, e agora ele chegava até mim através daquela voz arrogante.

Quando o dr. Welbom perguntou se tínhamos conseguido ligar para o banco do meu pai, eu me endireitei. Pus minhas duas mãos na mesa antes de começar a falar.

— Sim, fui até lá e não tinha nenhum rastro de transferência fazia mais de um ano.

— Me desculpe, mas quem está falando? — perguntou o dr. Welbom.

— É a Annabella.

— Não tinha reconhecido a sua voz. Seu pai guardava todo o dinheiro localmente ou enviava as economias para a França?

— Ele fazia transferências da conta dele em Camarões para a conta na França todos os meses.

— E então, depois de um ano, nada?

— Sim.

— No entanto, ele estava trabalhando.

— Acho que sim.

— Nós não achamos, nós temos certeza. Ele morreu num canteiro de obra, isso é um fato. Vocês entraram em contato com a sra. Sylvie Mbembe?

— Com quem?

Meu tio colocou a mão no meu ombro antes de falar a uma distância igual entre o fone e o meu rosto.

— Annabella, eu te falei. A companheira do seu pai.

* * *

O advogado retomou a palavra.
— O seu pai vivia com a sra. Sylvie Mbembe havia um ano. Você não estava sabendo? Vou encontrá-la amanhã.
— Não, não estava sabendo. Fazia dois anos que eu não falava com meu pai.

Alda e Antoni se olharam. Senti os corpos deles se afastando lentamente do meu, se distanciando como se fosse um corpo sujo. O dr. Welbom continuava, afirmava que se encontraria com Sylvie, a voz dele ao telefone parecia a dos fumantes de lá, com seus cigarros falsificados, que fazem apostas em esporte e política, um copo na mão, andando de carro, assobiando para os vendedores dormindo debaixo dos seus bonés.
Revejo meu pai com um relógio no pulso acenando; e sem necessidade de trocar uma palavra ou um olhar, com um gesto o faz se aproximar; o vendedor coloca um maço nas mãos dele

as duas mãos do meu pai com óleo de motor, um pedaço do polegar deixado na máquina formava um buraco visível por baixo das unhas; ele estende os braços como quem colhe o presente: eu o revejo
com todas as forças arrancando o plástico
levando à testa a manga de uma camisa curta, o bolso em cima do coração e a caneta que faz cliques: ele se enxuga com a mão pesada. E aquele calor que já não o sufoca. Eu revejo seus ombros ainda não queimados pelo sol, e depois perfeitamente negros na picape. Ele devolve a mecha de cabelo à testa, berra para os táxis, corta os carros pelo caminho: buzina, sorri com os dentes amarelados, mas felinos e rígidos, meu pai e o diesel na cara toda.

O sr. Welbom fala com aquela voz de África, dos brancos dos quais se diz que nunca voltarão, a voz grave de cigarros vendidos por ambulantes. O sr. Welbom diz que vai ligar de volta, com uma voz de tempestade. Não sei se são os cigarros ou a bebida que tornam a voz tão potente, tão oracular, tão definitiva. Dizem que esses brancos nunca voltarão, perdidos no formigueiro das cidades e das florestas: eles assumiram o tom e o modo de falar potentes dos vendedores da feira, a voz dos beberrões, aquela voz esburacada de tosse como as estradas na temporada de chuvas, tão fortes que perfuram o asfalto, empurram a terra para as sarjetas, reviram-nas, as chuvas tão fortes que ampliam e escavam os rios, fazem as colinas desmoronarem arrastando com elas o concreto. Quando digo que o sr. Welbom tem a voz de chuva igual à do meu pai, penso na chuva que bate no telhado das casas com as duas mãos.

O sr. Welbom desligou, e Antoni decidiu analisar a situação. Ele propôs entrar novamente em contato com a embaixada e o Ministério das Relações Exteriores. Em pé na cozinha, perto do telefone em volta da mesa onde estávamos sentados, ele discou os números. Primeiro o empregador, que deixava o telefone tocar, em seguida a embaixada, que devia entrevistar as testemunhas diretas da cena nessa semana e na próxima.

O vice-cônsul reproduziu os fatos cronologicamente, como se a sequência dos acontecimentos importasse mais do que as causas, como se os fatos assim apresentados nessa absurdidade nua e crua pudessem servir de consolo.

Eram dez horas quando seu corpo lançado para fora da máquina foi parar na parte debaixo da colina. De um lado, seu corpo; e, do outro, o corpo do carro. Eu não conseguia reconstituir nem os lugares, nem as paisagens daquele mundo, mesmo o conhecendo tão bem, os canteiros de obras no meio da floresta, afastados das cidades, onde nasci, por onde corri, como se a morte do meu pai me tornasse uma estrangeira — mas para quem? —, os lugares da infância ou simplesmente as circunstâncias

o absurdo de uma paisagem da qual eu nem sequer consigo mais imaginar a cor das folhas nas árvores.

A máquina que ele estava consertando, então presa no topo da colina, rolou ladeira abaixo. Eram dez horas da manhã, detalhe de extrema importância, uma vez que o vice-cônsul fez questão de nos informar. Então eram dez horas, o sol em cima da cabeça dele oprimia cada segundo, é possível que, na reverberação do retrovisor, a luz forte demais nos óculos ofuscasse a sua visão. O vice-cônsul fez questão de ressaltar que a máquina rolou ladeira abaixo e os freios falharam, lançando seu corpo para fora dela, rolou mais para baixo fazendo com que seus membros se espalhassem. Mas foi na terra vermelha ou na lama?

A tristeza cresce no meu peito, vinda do fato de eu não saber se a terra era vermelha ou se era areia preta, como a das florestas nas margens do rio.
O vice-cônsul disse
na traseira de uma picape que o motorista dirigia a toda velocidade em direção à cidade, colocaram o corpo que chegou às duas e meia da tarde no hospital, depois por volta das dezenove no necrotério. Havia sempre no vice-cônsul essa insistência no lugar em relação ao tempo e o registro de um determinado estado do corpo.
O vice-cônsul disse
mas o coração já não estava batendo ao pé da colina.

Fico imaginando, na traseira de uma picape branca, na qual a terra chega até a metade das portas e em cima das rodas, dois homens cuidando do corpo enquanto outro dirige, as sacolejadas da 4 × 4 com urgência na estrada completamente esburacada, revejo seu corpo saltar e morrer, uma última vez.

O vice-cônsul disse que os empregadores estavam envolvidos em atividades suspeitas, de lavagem de dinheiro e sociedades fantasmas. Disse que eles não compareceram às audiências. Disse que eles mandaram os trabalhadores presentes no momento do acidente, aqueles que transportaram o corpo. Disse que isso não cabia a eles, que ele não trabalhava para eles. O vice-cônsul disse que não podia fazer nada a respeito desse caso.

Ficamos com os olhos no vazio

Antoni desligou.

Ele não queria mais telefonar para ninguém. Alda também não. Eu disse, com os olhos vermelhos e cheios de raiva, que não queria mais ficar ali, que não queria nunca mais e não podia mais, mas ali não era um lugar exatamente preciso no mundo, eu disse, minha voz embargada, soluçando, que queria que me deixassem quieta, que me deixassem em paz.
Meu tio pegando minhas mãos, que eu apertava contra meus joelhos
— Tudo bem, minha sobrinha, entendemos. Você quer ficar sozinha. Vamos te acomodar na casa da vovó
e minha tia acrescentou
— Mas você tem que estar disponível.
— Bem, Alda, deixa ela em paz um pouco — respondeu meu tio naquele tom enérgico que conhecemos bem. — Alguém virá te ver. Eu ou sua tia.
Meu tio cheio de compaixão

dirigiu, passando pelo bosque de pinheiros antes que o mundo e o motor fossem desligados perfeitamente na entrada de cascalhos e na caixa de correio, o portãozinho branco, que se tornou cinza, agora que a vovó não nos espera mais.

Caminhei pela entrada de cascalhos e vi o pomar onde a mesa do jardim havia desaparecido
a porta da sala, os quadros virados para a parede, a casa da vovó coberta de lençóis agora que minha avó já não existe.

Antoni abriu as venezianas
— Tem que cortar a grama, volto depois — me disse antes de empurrar a porta do quarto da minha avó e de tossir entre as duas portas do armário:
— Você viu onde estão as toalhas? E está arejado? Vamos fazer o ar circular. Você viu que tem o wi-fi do bar que fica bem aqui do lado? Assim você vai poder manter contato com seus amigos. Isso é bom, não é?

Mantinha minhas mãos apertadas em volta da barriga, não estava reconhecendo mais a casa.
— Anna, se ficar muito difícil pra você, você pode voltar para nossa casa. Você não está incomodando ninguém. Você viu, tem toalhas e lençóis no armário, volto pra te ver amanhã. Você precisa de mais alguma coisa?

Acenei com a cabeça para dizer que não precisava de nada, que ia ficar tudo bem. Meu tio deixou uma nota de vinte euros na mesa antes de passar pela porta e voltar. Ele queria lavar as mãos na pia, uma última vez. Ele apoiou as costas no parapeito e me encarou, os olhos cheios de preocupação. Deixei a sala para me deitar no quarto onde meu pai dormia antes, ao lado do da minha avó. Meu tio fechou a porta do quarto e, por trás dela, murmurou com uma voz quase apagada.

— Anna, você vai explicar pra gente um dia? Você vai dizer por que não falava mais com o seu pai?

Senti as mãos dele se apoiarem na porta. Sua respiração estava muito forte. E o som da sua voz, embora ele falasse bem baixinho, atravessava o travesseiro que, no entanto, eu tinha colocado sobre a cabeça para não escutar mais nada.

— Anna, por que ninguém nunca conseguia falar com você? Quem é que fica dois dias com o telefone desligado? Por que é sempre difícil manter contato com você? A gente continua sendo sua família.

Cobri meu rosto com o travesseiro e ele foi embora sem esperar pela resposta, fechando as portas delicadamente, ligando o carro.

Em um ímpeto de raiva, saí do quarto do meu pai para pegar a nota de vinte. Estava decidida a sair quando entendi por que eu não reconhecia mais nada: a cozinha havia se transformado; ela não conservava mais o rosto de nenhum verão.

Naquela casa velha só havia sobrado três lembranças. A poltrona da vovó, sua cama e a disposição das louças na cozinha. Elas lembravam as refeições de domingo, e os velhos panos de prato. Sorri ao recordar dos pratos retirados do forno aos pulos, do pano de prato preto para abrir o forno, do bolo de iogurte despejado na fôrma, ou às vezes do bolo cheio de frutas, dourado como a minha pele, e duro. Enfio nele pedaços de maçã, morango, pera. Colocamos a fôrma em cima do descanso de panela e o cheiro do bolo impregna a cozinha. Minha pele é cor de bolo em meio às mãos brancas. A gente se empurra alternadamente, estendendo as mãos, pegando um pedaço, nossas mãos debaixo das da vovó com o suco e o copo de xarope. Vovó coloca nos guardanapos e nos nossos dedinhos uma lembrança. As mãos da minha avó, lembro delas com precisão, mas onde estão os olhos dela?

No armário embaixo da pia, encontrei a fôrma: é uma recordação da minha infância ou da geração anterior à minha?

Nunca consegui saber se essa casa era também a da minha infância ou se ela era a da infância do meu pai, o verão no jardim da Rue des Hortensias, empurrando as venezianas fechadas, o verão na entrada de cascalhos e a caixa de correio, os pés descalços e a fôrma de bolo no colo, revejo nossas mãos em cima da mesa durante a roda de jogos: deixar a cabeça girar e fixar o sol como dois braços, e ele encostando sua boca vermelha sobre nossas pálpebras. Mas onde estão os olhos da minha avó? Vejo novamente seus braços, carnudos e de uma brancura de tardes passadas na sombra, e suas manchas escuras atravessadas por veias. Mas onde estão os olhos dela? Não consigo vê-los, será que vou esquecer os olhos do meu pai assim como esqueci os olhos da minha avó?

Um carro que estava de passagem desacelerou antes de estacionar em frente à casa, e sair de novo. Fazia muito tempo que não viam ninguém em frente àquela casa, nem sequer meu rosto.

Guardei a nota de vinte no meu sutiã, peguei a fôrma que ia usar como cesto, e decidi ir embora.

Com meus vinte euros e a fôrma de bolo na mão, segui pelas rotatórias e passei pelas flores, dois pontos de ônibus onde nunca tem alguém esperando, um estacionamento perto de uma escola, um jovem de camiseta longa atravessava a rua atrás do estádio.

Tinha uma lembrança em mente, a praia deixada bem antes do entardecer, uma caminhada solitária, o verão dos meus treze anos. Revejo o edifício, o castelo d'água, seu monte de sucata. Seguir pelas ruas até o campo de girassol e cortar um pouco antes, o quarteirão como bússola. Faria o mesmo caminho, mas partindo do campo para chegar ao mar, aqui onde todo mundo vira depois do estádio, aglomerando-se em direção às bombas de gasolina e ao estacionamento de um supermercado.

Era o Super U. Duas meninas brincavam de se empurrar.

Entrei; o segurança me seguia com o olhar. O melão e o vinho de Charente recepcionavam os clientes, melões grandes como cabeças, os poucos clientes trotavam aos pares atrás de seus carrinhos; deixei a barulheira das promoções e a bagunça dos legumes, peguei o caminho dos vinhos e das cervejas, procurando os licores.

Estava avaliando com calma duas garrafas de uísque de primeira quando o segurança deu um tapinha no meu ombro.

— A senhora não pode entrar descalça na loja. E tem que deixar a sua fôrma no guarda-volumes.

Eu não fazia necessariamente questão de responder, mas ele insistiu.

— Você não pode entrar.

— Só tenho que pegar duas coisas. Vou levar três segundos. Vou pegar um pacote de macarrão e uma garrafa. Vai me deixar entrar? Qual vai ser?

— Mas é que...?

Entrei no supermercado e continuei a caminhar pelas prateleiras enquanto ele tentava achar o que dizer.

— De qualquer maneira, você não pode me colocar pra fora. Vou chamar a polícia. Ninguém vai saber dizer quem de nós dois têm razão. Você me tirou da loja porque sou louca ou me tirou porque sou negra, ou então porque sou louca e negra? Ninguém vai conseguir saber. Onde está mesmo o macarrão?

Girei uma ou duas vezes até encontrar o letreiro

— Consigo achar um pacote de macarrão por menos de um euro?

Ele não estava sorrindo. Coçava o nariz para conter seu ardor

— Me passa a sua fôrma.

— Diz uma coisa, você sabe quando o ônibus vai passar? — perguntei para ele, que continuava com a cara fechada.

— Ônibus para onde?

— O ônibus que vai para Maine-Bertrand. O ônibus que fica bem em frente à escola. Tem um ônibus que passa ali, não é? Vi no painel agorinha.

— Ele não passa mais. Só duas vezes por dia. É um ônibus escolar.

— Mas como as pessoas fazem para se deslocar por aqui?

Com a garrafa num quadril e a fôrma no outro, dei início ao julgamento do transporte da cidade, evocando a condenação dos sem-carro à prisão domiciliar e ao tédio, os pés inchados com bolhas por causa das longas caminhadas. As caixas sorridentes tentavam conter as gargalhadas, as mãos vergonhosamente tapando as bocas. O segurança me perseguia em cada prateleira.

— Você tá indo pra onde?

— Pra Maine-Bertrand, eu já te falei. Do lado da tabacaria em frente à colônia de férias.

— Lá não é mais a colônia, agora é um camping. Vai fechar daqui a duas semanas. Espera. Eu te deixo lá. Espera do lado das bombas de gasolina. Você vai pra casa da sua avó, certo?

— A gente se conhece?

— Acabo em quinze minutos, eu te levo.

Uma multidão como um tribunal ao sair da loja, fazendo o julgamento dos meus pés descalços. Abri a garrafa de uísque no estacionamento e espirrei entornando dois goles. As famílias passavam de carro com os filhos, que deixavam o celular de lado olhando a doida da senhora descalça quando o segurança desacelerou.

— Por que você anda descalça?

— É uma longa história. A gente se conhece?

Já que ele continuava olhando para os meus pés, encontrei uma explicação:

— Para simplificar, digamos que eu não queria ficar com

chulé. Estava sem meias. E não podia calçar os sapatos sem meias. É um tanto técnico, mas é o verdadeiro motivo. A gente se conhece?

— Eu trabalhava no bar do lado da casa da sua avó. Você ia comprar cigarros.

— Qual o seu nome?

— Raphaël.

No carro, o que havia durado quilômetros a pé se tornou apenas alguns segundos. Só quando desci do carro, os pés nos cascalhos, é que pedi a ele que viesse jantar na noite seguinte, um prato de macarrão; com alguma sorte, sobraria um pouco de queijo para nós. Acrescentei que não seria um encontro, mas um regozijo, a promessa inútil de voltar a ver um rosto menos desconhecido. Ele me perguntou se eu sempre falava como um ministro e me pareceu que essa comparação não era um elogio.

A Rue des Hortensias, até então vazia, recebia outros carros que vinham se reabastecer de cigarros e raspadinhas. De pé em cima dos cascalhos, com um pedregulho preso entre os dedos, fiquei esperando que ele se dignasse a me responder, com minhas compras guardadas na fôrma de bolo. Ele deu a ré um instante para conferir o estado da caixa de correio antes de responder:

— Vou estar aqui amanhã, às dezenove horas.

Caminhei pela entrada de cascalhos e cheguei até a mesa de jantar e as cadeiras. Na rua, na direção da tabacaria, um homem fazia sons de cliques com a caneta, pronto para preencher os números do bilhete de loteria. Os cliques atraíam minha atenção, trazendo à memória o rosto e o corpo do meu pai na gangorra do mundo, a fumaça do cigarro quando ele ri
e ela voltou
mais precisa e mais clara

a voz do meu pai, mas principalmente o rosto dele na camisa azul
uma caneta no bolso esquerdo que ele coloca na mesa para preencher as palavras cruzadas do jornal, e ela voltou: a voz do meu pai mais precisa e mais clara.

Eu estava em pé na entrada de cascalhos, quando escutei a voz do meu pai em sua camisa azul, voltando para o jardim, o som dos cliques na ponta da caneta e na mesa.
E eu fiquei ali, olhando o corpo dele e o som dos cliques: azul, formava uma letra redonda sob a mão, preenchendo a entrada de cascalhos e o jardim.

Nenhuma voz se parece com a do meu pai ou da minha mãe. Elas fazem parte desses mundos interiores que só nos deixam na morte.

Eu caminhava na entrada de cascalhos quando a voz do meu pai me surpreendeu, um som de cliques na ponta dos dedos e na rua.

E foi como duas carícias envolvendo meus ombros, acompanhando um humor a se reconsiderar pela manhã, e a preparação do café ao acordar, depositando na minha testa todos os gestos, todas as palavras de afeto. E o revejo com seu cheiro, a fumaça dos cigarros empurrando os cabelos emaranhados na minha cara: ele põe um braço sob meus ombros e com o outro carrega minhas pernas, carrega meu corpo, leva-o da cama para a cozinha, até a xícara de café
— Ontem você dormiu de novo com a cara nos livros?
— Sim, mas não por tédio. Estava cansada de rir.
— Estava lendo o quê?

— Aquele que eu peguei ontem, A *metamorfose*.
— Do Franz Kafta?
— Nossa, papai, que piadinha infame; infame, zoada, não tem graça nenhuma
ele encosta os lábios na minha testa e meus olhos já não conseguem vê-lo, procurando com gula outros frascos de geleia para colocar nas torradas em grandes camadas
— Papai, você acha que a gente consegue passar na livraria daqui a pouco? Você acha, papai? Hein, você acha? Tenho que pegar *Molloy*; tá no programa de literatura do próximo semestre. Papai, tá me escutando? Tá me escutando, papai?
— Sim sim sim
enfia os dedos nos meus cabelos, arruma algumas mechas atrás da orelha, meus cabelos crespos formando aquele eterno ninho de rato em cima da minha cabeça, e a voz dele é uma tosse em que se misturam tabaco e açúcar
— Já tenho vinte anos! Você não quer deixar meus cabelos em paz?
sua voz por cima dos meus ombros atravessa o papel de parede, passa pelas paredes da cozinha que está diferente, agora que mais ninguém acaricia minhas bochechas
— Você tem todo o direito de ficar mocreia, tem todo o direito de ficar parecida com o Bob Marley; se você quiser, você pode se pentear como um rastaquera
na boca do meu pai, rastaquera queria dizer alguém que não se penteia, que é desleixado, sujo ou até mal-educado; ele falava "olha lá aquele rastaquera", para se referir a um homem que corta os carros ou a uma mulher com as unhas sujas, e depois, quando eu começasse a escrever, a procurar nos dicionários e no mundo o verdadeiro significado das palavras e das coisas, iria descobrir o sentido dessa

— Se você quiser, você pode se pentear como um rastaquera. O que eu tenho a ver com isso? Mas você vai andar na minha frente ou atrás. E vai ficar em outra mesa no restaurante. Não quero conversar com uma garota desgrenhada e mocreia.

— Eu não sou mocreia!

— Vamos sair em dez minutos.

— Em dez minutos? Mas nem dá tempo de eu tomar um banho! Além de estar descabelada, ainda vou estar fedendo. Por que a gente tem que ficar vivendo como militares? A gente por acaso tá no exército?

— Anda logo, e fim de papo. E, aliás, quem pediu sua opinião?

Coloquei o pacote de macarrão na mesa da cozinha e fui até o sofá, minha garrafa de uísque no colo. No jardim estava tudo calmo. Não era mais o mesmo que tínhamos conhecido, a casa agora minúscula, e as venezianas azuis, que a gente empurrava para ir para o jardim, e as portas cobertas de ferrugem. Talvez eu dormisse ali mesmo? No sofá em frente às venezianas, olhando os carros para lá e para cá, Rue des Hortensias. Talvez eu pegasse no sono ali mesmo? Coloquei em cima da mesa, com o pedaço de papel, a bolsa de roupas e os livros, a lista que logo teria que ser aumentada.

— *Passar no tabelião*
— *Ligar para o dr. Welbom*
— *Comprar meias e calcinhas se tiver dinheiro*

Fiquei olhando a lista como quem olha uma foto de família em cima de um móvel, a avó com os netos, uma foto que carrega tanto uma marca do passado quanto do futuro, do qual será preciso recompor o sentido. Fiquei olhando a lista e as fotos na lareira, com as molduras ao contrário, passei a mão na poeira como quem abre uma porta e se depara com casas antigas.

Estou em três fotos, é verão, sempre no jardim, a cabeça com cabelos desgrenhados inclinada sobre papel para desenhar; numa outra foto estou rindo, mãos para o alto, em momento algum seguro as cordas do balanço; ainda em uma outra, estou dançando, um adereço de pirata no olho e no quadril, tão ágil quanto a ponta dos meus pés, uma espada em riste para a emboscada, e vou "cuidado! cuidado! toma cuidado! tema papai, temam marujos, temam monstros dos mares!", diante dos olhos perplexos do meu pai: abre a boca e mãos pra cima bem alto.

Na estante, há mais de uma foto nossa, aqueles braços na contraluz imprimindo suas marcas na paisagem como naquela foto em preto e branco, e o castelo em segundo plano com relação ao rosto dele: eu viro todas as fotos da lareira para não ver mais o rosto dele.

8.

Na manhã seguinte, meu tio Antoni bateu à porta como se tivesse vindo para anunciar outra morte. Ele empurrou a porta e abriu a torneira, lavou as mãos esfregando bem entre os dedos.

— Anna, vou ser rápido, estão me esperando. Temos um problema. O dr. Welbom ligou, a Sylvie sumiu. Ela não compareceu. Ele foi na casa deles. O apartamento estava fechado. Janelas, grades, não preciso explicar. Tudo apagado. Os vizinhos disseram que não tinha ninguém. O dr. Welbom tentou ligar de novo agora há pouco. Ela não atende. Só fica chamando, sendo que ontem ela atendeu. Quando ele contou isso, obviamente a gente ligou pra ela. Do nosso número, do de casa, do fixo, do celular, sempre cai na caixa postal. Mesmo ligando com número privado, também cai na caixa postal. Aconteceu alguma coisa com ela. Ou então ela ficou com medo. Temos que ligar de lá, procurar contatos, ir na casa, ir até lá. Agora mesmo. Alguém de confiança. Pra entrar no apartamento. Você conhece alguém em Douala? Algum amigo? Conhece alguém, Anna? Alguém que possa ir na casa do seu pai? Você ainda tem contato com seus amigos?

— Tenho alguns amigos da escola, vou escrever pra eles agora.
— Manda um e-mail pra não gastar crédito. Ou me passa os números e ligo pra eles.
— Vou mandar um e-mail. Eles vão me responder ainda hoje.
— A gente precisa cuidar disso já. Pela manhã. Se conecta no wi-fi do bar. Fui ver a dona, ela me passou a senha. Isso pode te ajudar. A dona conhecia bem o seu pai. Vai visitá-la. Faz uma visita, um dia desses. É sempre bom rever os amigos que a gente conhece. Ela se lembra bem de você. Muitas pessoas se lembram bem de você e do seu pai.

Uma lágrima escorreu do rosto dele, que ele logo secou
— Anna, a Alda vem te ver amanhã às nove e quinze.

Meu tio Antoni era daquele tipo de pessoa para quem tudo deve ser claro. Ele gosta da pontualidade, gosta de que as pessoas respeitem os compromissos, de que não fiquem de conversa fiada. Ele disse que minha tia chegaria às nove e quinze e isso para ele era questão de honra. Era o mais novo dos irmãos. Aquele que nasceu depois de o pai ter ido embora. Ele tinha crescido sozinho, andando pela vizinhança com seus tênis, seu jeans e sua mobilete comprada na queima de estoque. Ele tinha começado fazendo pequenos bicos como garçom. Dava para confiar na seriedade dele. Meu tio é daquele tipo de pessoa que sempre chega com sete minutos de antecedência. Ele calculava qualquer imprevisto. Ele deve ter tido que lidar com todos os imprevistos desde que o pai foi embora, o imprevisto de ficar sozinho com uma mãe que não tem emprego em uma época em que as pessoas não se divorciavam, o imprevisto de ser o caçula e ter que se virar para viver enquanto todos os irmãos mais velhos já saíram de casa e seguem a vida por conta própria. Depois do ensino fundamental, ele fez um curso técnico para se tornar marceneiro; e como não conseguia trabalho, também lidou com esse imprevisto se tornando pescador. Mas para o imprevisto da morte do irmão a seis mil quilômetros de distância, esse imprevisto a ser liquidado em dezenas de milhares de euros, de que ele não dispunha, para esse imprevisto ele não estava preparado.

Meu tio colocou o papel com a senha do wi-fi do bar vizinho na bancada da cozinha antes de sair, deixando a porta de entrada aberta e minha cabeça entre as mãos.

Abri minha mochila e coloquei a pilha de livros e as roupas na mesa, recarreguei o celular e o computador no meu colo. O arquivo de um poema inacabado tinha ficado aberto, o qual apaguei. Cliquei no ícone do wi-fi. Andei pelo jardim em direção ao bar para conseguir me conectar. Sentei na calçada a poucos metros. Uma mulher no balcão estava me observando. Cliquei na rede e digitei a senha do papel, dez números intercalados com letras em minúsculo. Escrevi para todo mundo que eu conhecia em Douala.

Meu pai morreu na segunda-feira, 29 de abril, e minha tristeza é sem fim. Além da tristeza, tenho que enfrentar todos os obstáculos que impedem meu luto e a repatriação do corpo dele. Já faz duas semanas que ele se encontra no necrotério sem que tivéssemos a possibilidade de repatriá-lo. Toda a ajuda e assistência que esperávamos estão desaparecendo junto com as promessas daqueles que estão virando as costas para nós. Hoje fiquei sabendo por meio do meu advogado que a companheira do meu pai, que no entanto havia prometido nos apoiar, sumiu. Nosso único recurso. E não sei mais a quem recorrer para pedir ajuda. Por isso estou escrevendo. Gostaria, se possível, e se não for tomar muito do tempo dos seus compromissos diários, que sei que são importantes, gostaria que um de vocês me fizesse o favor de ir até a casa do meu pai para tentar descobrir por que o apartamento está fechado e, se possível, entrar lá para recuperar os objetos pessoais dele. O importante para nós é uma pasta onde meu pai colocava todos os documentos importantes.

Vocês me fariam um grande favor se pudessem aparecer por lá entre hoje e amanhã. É bastante urgente. Na minha situação, cada hora, cada minuto conta. Agradeço imensamente pelas palavras de condolências que me enviaram, e que não consegui responder, mas cada dia é uma luta e um sacrifício. Vou tirar um tempo para escrever para cada um de vocês assim que o corpo do meu pai for repatriado e enterrado perto de nós, próximo de mim.

Cordialmente,
Annabella

Na calçada, onde eu estava bebendo um copão de água, enviei a mensagem pelo Messenger e vi o ícone dos nomes que iam deixando a conversa, dando uma resposta curta, constrangida, cheia de afetações. Esperava que uma mensagem chegasse — qual? —, e Régis me respondeu que prometia passar lá à tarde assim que saísse do trabalho, estava revoltado com a atitude deles, esses patrões cretinos e irresponsáveis, que ia me ajudar, ele jurava, ele ia me ajudar passando lá assim que saísse do trabalho, e me escreveria de tarde o quanto antes.

Passei para ele tanto o meu número quanto o do meu tio. Eu podia contar com o Régis, já que éramos amigos no ensino médio, já que ríamos com vontade em frente ao portão. Eu podia contar com Régis porque ele era um amigo e uma boa pessoa.

Conheci Régis no colégio francês em Douala quando tinha completado treze anos.

A mãe dele era nossa professora de história e geografia, uma professora que havia feito doutorado *na* Sorbonne, como ela gostava de nos lembrar, ressaltando que *sem dúvida nenhuma* ela teria sido professora na universidade se não tivesse acompanhado o marido para aquele mato. E ninguém tinha coragem de contrariá-la, responder-lhe que Douala também era uma cidade moderna e aberta para o mundo, onde havia algumas universidades que a empregariam de bom grado.

A mãe de Régis havia se casado com um camaronês e o acompanhado até Douala, onde ele havia conseguido um cargo no Banco Central; e foi quando chegou que ela se deu conta de que detestava a África, o fato de que ali não havia endereços nem ruas precisas, que as pessoas só se localizavam pelos nomes das lojas, entre outras coisas. Mas para além de Camarões e dos camaroneses, a mãe de Régis odiava as mestiças, que ela chamava de *"chabines"*.* Durante as aulas, quando via chegar uma menina com a maquiagem um pouco carregada ou de saia curta, principalmente se tivesse o que chamavam de "pele clara", a professora interrompia a aula e começava com os comentários. Não tinham alvo definido, é claro, mas, mesmo assim, eram direcionados para metade da sala. E, bem no meio de uma lição sobre a Guerra Fria, ela argumentava que as mestiças eram sobretudo acidentes de percurso, filhas de putas e de turistas, reconhecidas às pressas na embaixada antes que seus pais fugissem, e que vinham encher o saco dela lotando as salas do colégio francês, um estabelecimento *de elite*, o qual não poderíamos frequentar se não fôssemos francesas, que não ia servir de nada nos instruirmos, já que sabíamos muito bem como tudo ia acabar, que todas as garotas mestiças acabam onde suas mães começaram, putas para

---

* Termo usado no Haiti e nas Antilhas de língua francesa para designar pessoas mestiças de pele clara, mas com traços de pessoas negras. (N. T.)

turistas ou segundos e terceiros gabinetes de ministros. Segundos e terceiros gabinetes era como se referiam às mulheres com quem ninguém saía à luz do dia e só visitavam à noite, antes de encontrar a mulher e a verdadeira família.

Se a mãe de Régis era uma antilhana velha e rabugenta, que se viu obrigada e forçada a ficar em Douala por causa do casamento, seu filho, por sua vez, era um jovem encantador. Ele se sentia mais camaronês que antilhano e adorava viver em Douala, onde levava uma vida boa, atravessando a cidade num Range Rover, ouvindo rap no talo. Às vezes, ele parava do meu lado e jogava um chiclete. Ele me chamava de "menina complicada". Ele falava que eu era complicada porque eu nunca sorria. O que era mentira, já que eu sempre sorria quando ele ia embora, colocando o chiclete na minha boca. Régis me oferecia chicletes e balas porque eu o ajudava nos esboços das redações, e eu o ajudava porque o achava bonito. Uma ou duas vezes por semana, enquanto esperava a lição de final de capítulo, ele nutria a nossa relação me jogando pirulitos rosa ao passar, uma bala, passando diante de mim, abraçado com sua namoradinha branca. Régis era descolado. Ele ouvia Fatman Scoop, usava calças largas e jogava basquete no time do colégio, os alunos do colégio americano o convidavam para suas festas na piscina.

Acho que a mãe dele detestava as mestiças porque as escolhas amorosas do filho consequentemente a tornariam avó de netos idiotas.

Passei meu número de telefone para Régis, porque sabia que ele ia me ajudar. Passei também o número do meu tio.

Desde que cheguei à casa da vovó, a bateria do meu celular ainda não tinha carregado. Um problema causado por conectar o telefone na tomada dessa parede úmida ou os livros que ficaram em cima dele na minha mochila durante a viagem? Meu telefone não estava mais carregando, não conseguia saber se era a bateria ou o carregador e, o que quer que fosse, eu não tinha condições de me preocupar com isso.

Disse a Régis que ele podia ligar para mim ou para o meu tio, caso eu não atendesse. E assisti sentada na calçada, atrás da tela, à vida dos outros que seguia.

Havia várias fotos, as de um fim de semana na Itália e de uma menina que eu mal conhecia, e de quem já não me lembrava, exceto pelos longos cabelos, brincando de esconder o rosto, suas mechas nos anfiteatros onde nos encontrávamos, ela comendo um sanduíche com o indicador no queixo, anotações espalhadas no colo, agora sorrindo na praça de São Marcos, nos Procuratie, arcadas e pombos no cenário, ou numa outra foto, os mosaicos e a cúpula central, eternos como o ouro, para onde ela apontava.

Eu observava as fotos pensando que jamais iria conhecer esses lugares, o barulho e os cheiros quando a praça ficava cheia, a cor exata das paredes, se eram feitas de cimento liso ou áspero como o emboço, e os vendedores de sorvete, e as máscaras monstruosas, que correm pelas ruas arrancando sorrisos. Fiquei ali sentada me perguntando se Veneza era como nos filmes, malabaristas com fitas piruetando cores, e murmurei

— Jamais vou ver Veneza com meus próprios olhos
antes de fechar a página com as fotos e os sorrisos, pensando que não queria saber de mais nada. E como Veneza não era mais que um sonho, comecei a detestar a própria Veneza, e todos aqueles para quem ela era um lugar tangível. Fechei a página pensando que, se Veneza já não era um lugar possível, então Veneza não existiria mais.

No canto esquerdo da tela, uma notificação indicava a data-limite de uma tarefa a ser entregue, os e-mails dos professores que eu ainda não tinha lido, a mensagem do responsável pelo departamento, estavam todos preocupados com a minha ausência.

Fechei a tela do computador, saí da calçada e coloquei uma panela para ferver. Em frente ao fogão todo empoeirado, eu filosofava, analisava minha situação, enquanto jogava o macarrão na água fervendo com sal e um pouco de óleo para não grudar; olhava para os carros passando na rua.

— Por outro lado, melhor isso do que quebrar a perna, como diria alguém.

E comecei a gargalhar na cozinha.

Nunca na minha vida eu tinha rido com tanta ferocidade. Era um riso diante da morte, um riso de condenada. Vi o riso que saía da minha garganta como um último suspiro ou um berro, e poderia continuar a rir ou até explodir de raiva que seria a mesma coisa. Eu ria, e minha cabeça inchava de fúria, as veias saltando das têmporas deixavam meus olhos e minha testa vermelhas.

Estava rindo quando de repente ele buzinou, descendo do carro com duas garrafas de vinho na mão.

Tinha me esquecido de Raphaël.

Ele atravessou a entrada de cascalhos sorrindo. Joguei uma água no rosto e escondi a panela com o macarrão na pia.

— Entra, ainda não tomei banho. Não vou te dar um beijo. Me espera aqui. Os copos estão nesse armário. Volto rapidinho. Já são dezenove horas?

Saí batendo a porta do banheiro atrás de mim, levando para lá um vestido e um sutiã.

Ao sair da ducha, onde entrei sem toalha, sem escova de dentes e sem escova de cabelo, pensei que eu era uma estúpida. Uma idiota encharcada da cabeça aos pés, e que teria que passar pela sala de um modo tão absurdo quanto saiu. Ele estava sentado na poltrona da vovó olhando para as paredes, fingindo interesse pelos livros que estavam na mesa. Passei pela sala de jantar segurando meus cabelos molhados entre as mãos

— Volto em cinco minutos, volto já, já
batendo a porta do quarto da minha avó onde não havia entrado desde que cheguei.
Na cama, os vários cobertores, que ocupavam também as cadeiras, diziam que o mundo ali havia desaparecido, uma cama com um monte de travesseiros adormecidos assim como o restante dos móveis. Abri as venezianas e o grande guarda-roupa com espelhos nas portas. Os lençóis bordados com flores e as toalhas preenchiam algumas prateleiras. Sentei na cama e amarrei os cabelos antes de voltar para a cozinha. Ele já estava bebendo, não me esperou. Ele sorriu para mim quando me acomodei em frente a ele.

— E aí, caiu a ficha pra você?

Percebendo que eu lhe dirigia um olhar confuso, ele reformulou a pergunta

— Você se lembra de mim?

Minha memória é seletiva. Ela escolhe com cuidado os detalhes que conserva e os anos que esquece. Podia dar essa resposta a Raphaël, mas ele não ia entender o fato de eu escolher me lembrar e esquecer de determinados meses, determinados anos, determinadas pessoas. Preferi responder de modo seco.

— Raphaël, não leva pro lado pessoal, mas eu não me lembro de tudo que eu fiz. E agora ainda é pior, não me lembro de nada, misturo tudo, nada tá claro.

— Tá com problemas?

— Mas é óbvio que tô com problemas. Por que você fica fazendo essas perguntas absurdas?

Não tinha a intenção de permanecer em Saint-Palais após a repatriação do corpo do meu pai, nem de voltar a ver Raphaël. Gabriel tinha me deixado porque não me conhecia, e eu tinha fugido do meu pai porque o conhecia bem demais. Não tinha mais disposição para conhecer ninguém.

Abri a porta da geladeira.
— Não tem lá muita opção. Mas dá pra tentar fazer alguma coisa com o que tem. Fiz um pouco de macarrão. Temos picles, mostarda. Dá pra gente se virar.
Ele pegou o celular.
— Conheço uma pizzaria. Eles fazem entregas até tarde. Vou ligar. Você quer de quê?
— Então desistimos do macarrão com picles? Tá certo. Vou querer uma *regina*.*
— Não prefere algo mais elaborado?
Ele se aproximou de mim para me mostrar o cardápio que havia encontrado na internet, desligou
— A gente já liga de volta, vamos escolher primeiro roçando no meu seio esquerdo com o antebraço; apoiei meu queixo no ombro dele e cruzei as pernas perto das suas.
— Talvez eu peça um calzone. Sim, um calzone tá ótimo.
— Boa, um calzone e uma oriental
e ele voltou para a poltrona da vovó em frente à televisão, na qual eu ainda não havia reparado.

Peguei uma cadeira para ficar mais perto dele; ele pegou meus pés, os quais lhe estendia maliciosamente entre suas mãos,

---

* Pizza de molho de tomate, muçarela, presunto e champignon. (N. T.)

olhando para baixo, fingindo não enfrentar o olhar dele, procurando me aproximar de seu corpo inteiro, estendendo a mão ao mesmo tempo que avançava, coloquei as pernas esticadas nos joelhos dele, como se estivesse conquistando um território.

— Que pés grandes! Quanto você calça?

— É falta de educação perguntar quanto calça uma mulher.

Ele me olhou direto nos olhos e deslizou a mão nas minhas panturrilhas. Tomei outro gole. Ele percorreu minha perna com a ponta dos dedos refazendo o caminho do calcanhar até o joelho, e minha cabeça caiu para trás, deixando escapar um acanhado

— Me morde

com uma vozinha sorridente e quase charmosa, apontando a parte de trás do joelho para o rosto dele, ainda embaraçado, esse corpo audível que eu lhe oferecia, e tive a impressão de que um arrepio percorria minhas pernas e costas, ao mesmo tempo que a mordida dos seus dentes; ele saiu da poltrona para chegar perto das minhas coxas; eu repeti

— Me morde aqui. Morde minha perna inteirinha

enquanto mostrava a parte de cima do joelho, a parte de trás e da frente da coxa, a língua dele na minha carne, hesitando e depois afundando as presas com mordidas vívidas.

Eu gargalhava.

Agora eu queria conhecer todas as possibilidades daquela boca, tanto em ternura quanto em ferocidade, me considerava pronta para o massacre e, ainda assim desejosa de comandar a expedição, coloquei minhas coxas sobre os ombros dele para cavalgar seu rosto; ele enfiou os dedos nas dobras dos meus quadris, e sua língua atravessou: eu assumi o comando do navio, me esforçando para humilhar a sua boca.

Mas ele estava encarando as coisas de modo bem diferente, virando meu corpo como se quisesse domar o traseiro, de quatro e com a cabeça no chão. E já que nada do que estava sendo proposto me desagradava fundamentalmente, deixei rolar, pensando que se eu esperasse, três minutos bastariam. Mas os três minutos demoravam a chegar, agora que eu não amava mais ninguém, e ninguém mais me amava.

Eu olhei para a parede e escutei o som das coxas dele contra as minhas, e me pareceu que ele não era nada diferente do que eu já havia conhecido, do que havia amado, aquele som de carnes úmidas com gosto de sal. Eu olhava para a parede e escutava o som de uma mecânica sem coração, ou talvez fosse eu quem estivesse agora sem um.

Raphaël beijou meu pescoço e minha bochecha. Ao fechar os olhos, sem entender que eu queria aquilo e por que, eram o cheiro e a boca de Gabriel que estavam junto ao meu seio e, diante de mim, seu rosto com aquelas bochechas risonhas; Raphaël colocou as mãos nos meus ombros para se aventurar com mais profundidade e um grito estridente, agudo e metálico atravessou meu corpo, fazendo o nome de Gabriel escapar tanto do meu peito como dos meus lábios.

De repente, entendi que Gabriel seria o outro fantasma. Gabriel cujo rosto se inclina para perto do meu quando viro de costas para a parede, já não olhando para o amante da noite, que no entanto acaricia meus ombros, Gabriel e seus olhos na bagunça dos seus cachos, sorrindo para mim, como se tivessem ressuscitado de outro mundo.

Gabriel e o rosto agora na minha frente, quando fecho os olhos. Gabriel beijava minha boca e se transformava na mão de Raphaël quando acariciava minhas costas.

Não olhei mais para Raphaël naquela noite. Ele colocou as mãos no meu quadril antes que eu me levantasse para pegar alguns cobertores e travesseiros, que coloquei sob seu corpo entorpecido. Ele beijou meu rosto uma última vez antes de adormecer, e a garrafa de vinho caiu no chão de ladrilhos.

* * *

Eu já estava de volta na poltrona quando minha tia bateu na porta na manhã seguinte. Havia cochilado ali um pouco antes das seis, o frio no meu rosto por causa das venezianas entreabertas.

O entregador de pizza nunca apareceu.

Minha tia estacionou em frente à caixa de correio, caminhou na entrada de cascalhos, me acordando uma primeira vez, antes de bater em uma das vidraças e na porta de entrada.

Percebendo que eu não atendia, achando que eu estava dormindo num outro cômodo, ela bateu de novo. A televisão que dormiu ligada chiava no canal local.

Eu a desliguei antes de pedir a Raphaël que se escondesse no banheiro.

Guardei as garrafas vazias, limpei o vinho derramado no chão e empurrei os cobertores e travesseiros.

Com as duas mãos na cabeça, minha tia examinava o espetáculo de uma vida desordenada através da vidraça da porta.

Eu lavei o rosto e abri a porta diante de seus olhos espantados por causa da louça empilhada na pia desde que cheguei, o cheiro da panela de macarrão escondida, somando-se ao do vinho, dos corpos e da noite.

Ela sugeriu arejar o lugar.

— Por que você colocou travesseiros e cobertores na mesa de jantar?

— Estou dormindo na sala.

— Mas em que lugar na sala? Lá não tem cama.

— Na poltrona da vovó.

— Você vai estragá-la dormindo tanto nela!

— Não tem problema, não tô tão gorda assim.

— Annabella, essa casa foi emprestada pra você. Não é pra quebrar tudo, é pra tomar cuidado com os objetos e com os móveis.

— Eu só esqueci de lavar a louça ontem e dormi na poltrona, ninguém vai morrer por isso!

— Vou com você ao cartório hoje. Anda logo.

— Titia, você tem que me avisar antes de vir aqui. Você não pode chegar assim de repente.

— De quem é aquele carro?
apontando para a van estacionada na entrada.

— Tenho o direito de ter meus amigos.

— Faz o que quiser, minha cara. Tínhamos marcado às nove horas. O cartório fecha às onze e meia. Depois só dá pra marcar de novo daqui a duas semanas. E o outro que tá aí, tem que sair com a gente.

— O outro aí, pode sair. Minha tia descobriu você.

Raphaël, sem camisa, avançava na cozinha, sua camisa amassada sobre a barriga.

— Titia, esse é o outro aí. O outro aí, essa é minha tia. O nome dela é Alda.

— Entro no trabalho em uma hora. De qualquer modo, já estava de saída.

E saiu correndo igual a um ladrão, colocando a camisa no jardim, ligando a van.

Fomos até Marennes com os vidros abertos, passando pelas fazendas de ostras. Alda virou no cruzamento, a chuva no para-brisa entrando em gotas finas pelo vidro da porta, que logo fechei, antes de ela parar no estacionamento.

— Você pode convidar quem quiser, mas avisa.

— Tenho o direito ou não tenho? Tenho que saber, porque se tenho que avisar, é porque não tenho o direito.

— É a casa da vovó. Então você tem que respeitar.

— Se ela foi emprestada pra mim temporariamente, então estou em casa e posso convidar quem eu quiser. E achei que estávamos atrasadas.

Desci do carro batendo a porta.

— Você vai ficar em cima de mim o tempo todo, toda hora vou ter que dar satisfação? Não esquece que já tenho vinte e três anos.

— Baixa o tom, queridinha.

O tabelião abriu a porta, e já estava nos esperando no corredor do escritório, com a caneta na mão.

— Senhoras, peço que me sigam.

Ele vestia um paletó e sapatos pretos sobre os quais caía uma calça clara; ele nos conduziu para além de duas portas vai e vem, passando pelas plantas, uma a uma, cujo topo chegava na altura de nossas cabeças, traçava um caminho sombrio, contrastando com a luz vinda do teto aberto.

— Em que posso ajudar vocês?

E Alda colocou na mesa dele uma pasta que ainda não tinha visto, tirou os documentos, mostrou linhas e datas com a ponta dos dedos, documentos até então escondidos.

— Viemos por causa do meu irmão, ele morreu num canteiro de obras na floresta; aconteceu no dia 29 de abril. Está anotado aqui. Foi na África.

— Onde fica Ezéka? É um bairro de Douala? — perguntou o tabelião.

— É um canteiro de obras, foi lá que aconteceu o acidente. Não fica na mesma cidade, é fora da capital.

— O que ele estava fazendo lá?

— Consertando uma máquina.

— O que quer que eu faça?

— A gente tem que... Nos disseram para procurar um tabelião, um daqui e outro de lá. Eles teriam de entrar em contato um com o outro. Depois, vamos iniciar os trâmites... Vou encontrar o documento... O embargo das contas... Nós, nesse momento, precisamos saber se ele recebia um salário dessa empresa, assim vamos poder obrigar os empregadores a arcar com as responsabilidades, entende, é necessário pelo menos isso para que eles paguem pela repatriação e também as indenizações em caso de acidente de trabalho, para a menina que ainda é estudante, ela não tem mais ninguém.

— Mas realmente foi um acidente de trabalho?

— Sim, mas a empresa alega que meu irmão não trabalhava para eles. E talvez tenha mais de uma empresa envolvida. Na verdade, seriam duas — especificou minha tia.

Minha tia sempre foi organizada, e fazia questão de demonstrar. Em um caderno, ela anotava todos os contatos. Todos os fins de semana, ela organizava seus documentos por categoria em uma pasta com divisórias. Contas de água, de luz, seguros. Após o ensino fundamental, ela aprendeu o ofício de secretária. E esse diploma lhe rendeu um certo poder administrativo sobre os outros irmãos. Desde o divórcio, sua mania de organização só aumentou. Assim que chegava do trabalho, juntava os comprovantes do cartão de crédito e os organizava por despesas. Essa disposição para a organização era por causa do papel que em geral era atribuído às mulheres nas famílias de operários e artesãos. Os homens ficam na obra, pescando, na loja; as mulheres cuidam das contas. Depois de ter se casado com um pedreiro, tal como o pai e o irmão mais velho, ela se tornou a intendente: planejava as despesas de toda a família, organizava a vida. Também decidiu se encarregar de toda a papelada relacionada ao falecimento do meu pai dados os poderes administrativos conferidos a ela, e estava tudo bem para mim, até agora.

Ela mostrou uma caderneta com o nome das empresas, o endereço da matriz.

— Quem é o proprietário do local de exploração? — perguntou o tabelião.

— Então, até o momento não sabemos de nada, nos explicaram que tem a empresa proprietária da máquina e a empresa que aluga a máquina. A que aluga é aquela onde está o canteiro de obra, e as duas empresas dizem que não contrataram os serviços do nosso irmão, quer dizer, do pai dela. Senta direito, Annabella. Você não viu como está?

Eu estava em silêncio.

Esperava olhando para as plantas no corredor. Minha tia continuava falando, agitava os braços, perguntava o que mais a gente podia fazer, abria pastas, envelopes, pegava cadernetas, passava a mão na clavícula, como se estivesse com dificuldade de respirar; ela entregava a papelada e perguntava quais outros documentos ela ainda podia fornecer. O tabelião franzia as sobrancelhas, a lembrava dos trâmites, sugeria retornar com a certidão de nascimento de todos os detentores de direitos, a identidade e um *livret de famille*, acrescentando que não sabia muito bem como nos ajudar com essa situação.

Minha tia o lembrava de que esse trâmite era indispensável para encontrar um rastro de transferência, ela lhe mostrava nomes, datas, lugares anotados num caderninho, ela lhe garantia que não íamos poder fazer nada sem a ajuda dele e um embargo das contas. O tabelião colocou a papelada de volta na frente da minha tia e explicou a ela que nada daquilo era da competência dele, que precisaríamos de um advogado, explicava que só poderia realizar o trâmite do embargo dos extratos bancários na França.

— Assim que a denúncia for apresentada, vamos fornecer todos os documentos necessários. Me passa a lista dos contatos de vocês na embaixada, sra. Morelli.

***

Minha tia escrevia alguns nomes e números num pedaço de papel, que eram passados debaixo do meu nariz sem que me mostrassem. Eu fazia parte de um espetáculo trágico em que representava o papel principal. Faltava decidir se eu queria assumir o papel de Antígona. Eu ainda não tinha decidido. Debaixo do meu nariz, minha certidão de nascimento, que ela havia pedido sem me consultar, e os documentos datilografados do relatório do qual eu só conseguia ler: *"República de Camarões, Polícia Bairro de Akwa, Cidade de Douala"*.

— Aqui está o atestado de óbito da polícia, recebemos ontem.

— Não vou precisar disso. A senhora tem que entregar para o seu advogado.

Saímos do escritório e do corredor, percorremos as estradas de Marennes, de Breuillet e de Saint-Palais até chegar à entrada de cascalhos, onde desci do carro batendo novamente a porta.

Eu continuava a me enfiar pela casa, a empurrar as portas, fugindo das perguntas da minha tia, que me seguia com as mãos cheias de pastas, até me trancar no banheiro.

— Annabella, abre essa porta! A gente pode saber o que tá acontecendo com você?

— Posso fazer xixi sem ninguém vir me encher o saco? Dá pra me deixar em paz só por um segundo? Podem me deixar quieta só um pouquinho?

— Não tem vaso neste banheiro, você sabe muito bem. O vaso está do outro lado.

De fato, não tinha vaso no banheiro da minha avó.

— Vou lavar as mãos, dois minutinhos.

— Você pode lavar as mãos na cozinha.
— Depois vou tomar um banho.
— Annabella, sai daí agora.

Fiquei em silêncio, esperava que ela fosse embora, até que ela continuou:

— Você não tem carro, está sem dinheiro. Você depende de nós para todos os procedimentos administrativos. Enquanto você estiver sob nossa responsabilidade, vai fazer o que nós dissermos. Tá uma bagunça essa casa. Tem alguma coisa podre aqui, não é?

Ela voltou para a cozinha.

— Annabella, todos nós temos lembranças importantes nesta casa. Você não pode estragá-las. São suas lembranças também. Nessa poltrona onde você está dormindo, a sua avó passou os últimos dias da vida dela. Todos nós adoramos essa poltrona. Seria uma pena ter que jogar ela fora no final do verão.

Esperava que ela fosse embora, meus ouvidos atentos aos sons de seus passos no piso de ladrilhos e na sala, vasculhando os armários, batendo ostensivamente as portas.

— Mas que fedor é esse, aqui?

abrindo a geladeira, procurando na gaveta de legumes e talvez na porta os potes, os molhos vencidos, um legume estragado.

Abri as cortinas do chuveiro para me agachar deixando a água escorrer da torneira nos meus pés ainda com sapatos.

— Volto amanhã!

E ela saiu de casa, ligou o carro, deixando a entrada de cascalhos debaixo de poeira.

Quando ela se foi, voltei para a cozinha e deixei meus sapatos na soleira da porta para secar. As moscas voavam em cima da louça.

Eram duas horas quando decidi ligar o computador e o celular. Régis ainda não tinha respondido, mesmo tendo se conectado pela manhã. Cliquei na foto de perfil dele para ver sua página.

Não havia publicado nada nem ontem, nem hoje. Será que ao menos ele se lembrava da promessa que fizera? Estava abrindo a aba de mensagens privadas quando recebi uma notificação da minha caixa de e-mail da universidade. Havia várias mensagens, uma delas acabava de chegar.

De: Astrid Martin-Brigeon
Assunto: Algumas preocupações

Apaguei o e-mail da Astrid Martin-Brigeon sem ler, e abri o do proprietário, que estava piscando como o dela.

Srta. Morelli,
Já faz seis meses que não recebo o aluguel, embora a senhorita tenha me pedido um recibo para regularizar sua situação junto ao CAF.* Tentei contatá-la diversas vezes para obter notícias e para explicar que essa situação é insustentável na minha condição de pequeno proprietário. Ontem fui até a porta de sua casa para termos uma conversa cara a cara, mas ninguém atendeu. A senhorita estava lá? Estava tudo fechado como se não tivesse ninguém. Não gostaria de ser obrigado a apelar para um oficial de justiça para dar entrada em uma ação de despejo, o que acarretaria um custo adicional para ambas as partes. Dou-lhe o prazo para que me contate até o fim da semana a fim de encontrarmos uma solução. Tenho plena consciência de que sua situação enquanto estudante é difícil, estou disposto a chegar a um acordo que não nos cause qualquer constrangimento. Se não chegarmos a uma

---

* *Caisses d'allocations familiales*, em tradução livre, fundo de auxílio às famílias. Se trata de um programa de assistência social para complemento de renda familiar fornecido a indivíduos ou famílias, desde que cumpram determinados pré-requisitos. (N. T.)

solução satisfatória para ambos, será necessário desocupar o apartamento: há inúmeros lugares que podem acolhê-la. Tenho sido paciente com a senhorita desde o momento em que assinou o contrato de locação sem fiador, confiando na sinceridade de uma jovem que queria sair de uma situação difícil. Espero não ficar decepcionado com minha escolha. Havíamos assinado um contrato de locação na companhia de seu amigo, que me garantiu fazer o que fosse necessário em caso de inadimplência. Devo recorrer a ele, já que a senhora claramente não tem mais condições de pagar os aluguéis? Sou um pequeno proprietário que todos os meses paga a prestação do apartamento que a senhorita está alugando, não pense que a pressiono sem motivo.

Conto com a senhorita e espero notícias suas ainda esta semana.

Caso contrário, entrarei em contato com seu amigo e logo em seguida com um oficial de justiça para dar entrada na ação de despejo, caso seu amigo não consiga regularizar a situação.
Cordialmente,
Éric Hernandez

Abri a aba para responder. Queria ser franca, pretendia ser o mais sincera possível. Queria explicar sem rodeios pelo que eu estava passando, achava que provavelmente ele entenderia por que eu não pagava o aluguel havia mais de seis meses. Mas como entender, e com quais palavras fazer com que ele compreendesse essa realidade monstruosa, que meu pai morreu, embora eu sempre tenha levado todo mundo a acreditar que ele já estava morto, e por qual reviravolta ele teria conseguido ressuscitar para morrer de novo? Seria possível evocar a dupla morte, a simbólica e a real? Quando e como meu pai morreu para mim? Com quais palavras e em qual língua descrever esse fato inédito que nem eu consigo entender? Isto é, que meu pai morreu várias vezes e, dessa vez, para sempre. Na verdade, eu mesma não sabia.

Iniciei com algumas expressões de cortesia, as palavras corriqueiras que possibilitavam um diálogo, escrevi que não estava mais recebendo depósitos bancários havia seis meses, mas parecia que as palavras, com as quais sempre pude contar, as palavras que durante muito tempo foram uma presença, parecia que as próprias palavras me abandonaram.

Fechei a aba, salvei o começo da mensagem na pasta de rascunhos e fechei a tela do computador. Régis não me responderia hoje e ninguém escreveria para mim, nem meus amigos da universidade, os amigos com quem ia aos cafés conversar sobre literatura, nem sequer uma palavra desde que me ausentei, nós que éramos unidos pela mesma sensibilidade, nem sequer uma mensagem.

Saí da calçada da Rue des Hortensias para me trancafiar em casa, onde ninguém ia me ver sozinha. Liguei uma música no meu celular, que só estava com vinte por cento de bateria. Agora sozinha, queria saber tudo sobre essa casa metamorfoseada, que sempre visitei apenas pela metade.

E é preciso dizer que a casa da vovó oferecia inúmeras aventuras. Sob a pilha de lençóis, bem escondidas, as fotos de uma época que eu não havia conhecido. Meus tios e meu pai ainda criança brincando de estilingue com suas calças curtas, em um terreno baldio onde a grama crescia amarelada: dava para imaginá-la nos tons de preto e branco, e na claridade por contraste destacando a escuridão da terra, a grama nascente, ou talvez fosse porque ela morria por causa do calor.

Apesar de não conhecer o rosto deles daquela época, eu os reconhecia: ele, sempre na frente de todo mundo, sua camiseta coberta de terra cinzenta, a perna dobrada como se estivesse pegando impulso, o olhar imprudente, a bermuda enrolada, se parece comigo.

Eu o imagino criança, os cadarços desamarrados, correndo pelos terrenos baldios, liderando o bando, os primos e o irmão, sua irmã ainda tímida, na caça de passarinhos, gritando com toda força, tropeçando nos pedregulhos, um sorriso aberto apesar do dente quebrado. Ele tem um rosto severo igual ao meu, aquele nariz aventureiro.

Eu o imagino indo até o fim do terreno baldio e subindo nas árvores, com Giorgio, o mais velho, ao fundo. Antoni ainda não era nascido, e minha tia, atrás dos irmãos mais velhos, está usando um vestido, presilhas no cabelo, não exatamente aquela bola de nervos ansiosa cujas sapatilhas rangem.

Quem havia tirado essa foto? Não foi a minha avó, que conseguimos ver ao fundo, mas com certeza o pai deles, de quem ninguém mais fala, e observando agora o terreno em detalhe, não era propriamente um lugar vazio, mas esse jardim em estado de pousio.

Meu pai está encarando o fotógrafo, oferecendo a ele um olhar azul e verde sob fortes olheiras.

E já não sei quem de nós dois carrega melhor esse rosto, com nossos olhos perfeitamente voltados para dentro, e distante do mundo.

Meu pai está com o queixo erguido e vira a cabeça como se estivesse desafiando um adversário. Mas quem? O pai dele? Acho que é o pai que está tirando a foto, esse pai que ninguém menciona e do qual diziam que havia ido embora, que havia dado no pé depois de ter botado o próprio filho para fora, espancado e deixado para morrer. A versão varia conforme quem conta, meu pai, quanto a ele, nunca contava essa história; ele nunca falava do pai, a não ser para dizer

— Meu pai deu no pé

porém os demais contavam a história do meu pai no lugar dele:

— Sabe, seu pai foi uma criança problemática.

E me explicavam que ele tinha saído na mão com o próprio pai para proteger a mãe e a irmã de mais um acesso de cólera, do patriarca, os acessos de cólera que meu pai, por sua vez, reproduziria mais tarde; o pai dele o havia mandado para o olho da rua, e a partir daí ele começou a se virar, indo de quartos de amigos a alojamentos juvenis, até que uma tia parisiense o acolheu, a irmã gêmea do pai dele. A partir daí, ele começou a ganhar a vida como ajudante de cozinha, antes de encontrar um patrão que o ensinasse a profissão de mecânico e voltar a Saint-Palais, próximo da mãe, da irmã e dos irmãos, dos quais ele cuidava como um chefe de família desde que seu pai havia dado no pé com outra mulher. Como segundo irmão mais velho, ele cuidava de todo mundo, e Giorgio não aceitava isso muito bem. Um dia, quando ele trabalhava aqui e ali em Saint-Palais e Royan, ele viu na feira um anúncio de uma vaga de emprego de mecânico na África, que pagava bem o suficiente para se sustentar e ajudar a mãe, e ele partiu, com vinte e cinco anos, de mochila e com duas passagens no bolso, meu pai que está encarando o pai dele como se fosse um adversário.

Agora, olhando para essa foto, eu me lembro do meu pai chorando, sozinho. Eu o surpreendia às vezes na sala, bêbado. Existem muitas e muitas faces do meu pai. Eu me lembro de uma conversa surpreendida na curva de um corredor. Meu pai estava contando a uma mulher, nos braços da qual estava aninhado como se fosse uma criança, que ele havia perambulado por aí, dormindo sob os alpendres para carros nos primeiros dias. E certa noite em que chovia e ele estava com fome, ele tentou voltar para casa. Quando o pai o viu, fechou todas as portas e janelas, largando-o na chuva. Meu pai chorou muito ao evocar a fome que lhe apertava o estômago. Naquele dia, compreendi por que ele sempre fazia questão de que eu comesse, servia meu prato mais de uma vez quando estávamos de férias, mais um pedaço de pão, e um pouco de manteiga, e a geleia nas minhas torradas, que fariam bem para minhas bochechas.

Alguém bateu na porta.
Coloquei a fotografia de volta sob os lençóis.

Era a dona do bar me perguntando se estava tudo bem, trazia um pedaço de torta de cebola e um iogurte.
— Sabe, eu conheci o seu pai — ela disse na soleira da porta. — E você, um pouco. Já faz muito tempo. Você era bem pequenininha. Vocês costumavam vir juntos. Depois, ele vinha sozinho quando estava aí. Há dois anos. Ele vinha ainda. Pedia sempre uma bebidinha. Nunca era cerveja. Sempre uísque. Ele fazia palavras cruzadas. Ficava sentado no balcão.
Ela falava do meu pai como se fala de um morto nas colunas de obituário, com uma linguagem atenciosa e cheia de comedimento, e eu a observava de pé no patamar, a torta na altura do umbigo, quando ela apoiou a mão no meu ombro
— Não deixa de me procurar se precisar de alguma coisa, querida. Qualquer coisa. O bar abre às nove horas. Às vezes, ainda estou por lá depois das oito da noite
para a qual fiquei olhando antes de ela tirá-la.
— Seu pai amava muito você. Sempre falava de você pra gente
colocando as duas mãos no peito e no ventre

— Ele nos mostrava fotos no celular, dizia minha filha estuda em Lyon... Ah, ele sempre falava de você, dizia "Annabella tem ideias muito claras sobre o que quer fazer, o que quer ser, ela tem muita personalidade, mas fico preocupado porque ela sempre está mudando de ideia".

* * *

Peguei o prato e bati a porta, fugindo para o lugar mais inacessível através das janelas.

Foi sufocante ver novamente, nos gestos e nas mãos da mulher da torta, os gestos e a voz do meu pai.
— Olha, Annabella. Olha a foto que tirei faz pouco tempo, enfiando a tela do celular na minha cara, a voz do meu pai sob os dedos dela, os quais ela agita diante dos meus olhos.

Nenhuma voz é parecida com a do meu pai. Ao reencontrar a voz do meu pai nos gestos dela, eu também via novamente o rosto e o sorriso dele, o celular em que ele apontava com o dedo indicador para o pássaro caminhando em uma pata só, nosso último encontro. Ele ergue o celular e empurra os copos d'água e seu cigarro, que ele sopra na minha cara.
— Olha, Annabella, olha, querida
e o sol nos seus olhos azuis refletido na retina irrompe como o linho.

A gente nunca esquece a voz do pai: é um ruído perpetuamente tecido no coração.

Encostei meu rosto no chão para refrescar minha cabeça cheia de ruídos, e parecia que meu corpo inteiro estava se dilacerando no meu peito.

Me levantei para abrir os armários e o gás. Abria os armários para procurar — mas o quê? — silenciar o ruído e a voz do meu pai que me dilacera o coração: eu estava à procura de fósforos.

9.

Mais do que qualquer coisa no mundo, eu estava do lado do meu pai contra todos os demais. Havia tomado a firme decisão na virada dos meus quinze anos, e a confirmei aos vinte e um naquele abril de 2011: eu não ia mais fugir. Já que todas caíam fora, começando pela minha mãe, eu seria a que não o deixaria, seria aquela que ia ficar: eu seria solidária a ele. Era minha linha de conduta para aquela primavera. Eu tinha vinte e um anos.

Em cada esquina, em cada rotatória, quando parávamos para pegar o pão, comprar cigarros, toda vez que ligávamos o rádio, o anúncio de um casamento, do príncipe William e Kate Middleton, como barulho de fundo entre duas peças de jazz, e a alegria do piano voava através do vidro assim como a voz de Nina Simone, com o ronco do motor. Eu colocava meus pés no painel do carro, os cabelos esvoaçantes na cara, os tornados devastavam as casas na costa oeste, o perigo estava longe e as manhãs mal esquentavam sob sua luz pálida. Eu ficava na cama, ele me carregava até a cozinha. Eu deixava suas mãos se apoiarem em meus ombros enquanto ele acompanhava meus passos, íamos até a orla com nossos casacos impermeáveis, sentávamos nos terraços dos cafés e nos restaurantes de frutos do mar, duas cadeiras de plástico bem pertinho uma da outra, de mãos dadas, e as garrafas de vinho desfilando em alta velocidade, um copo que ele encosta nos meus lábios.

Era uma primavera fria, que soprava nos nossos rostos vermelhos. Eu fumava Marlboro lights, um livro deixado ostensivamente no canto da mesa. Eu fingia ser criança, colocava uma porção de manteiga no pão enquanto esperava pelas ostras, enfiava tudo na boca sem mastigar, arrotava, meu pai e seu perfume de uísque, pegava minhas mãos para bater palmas com as dele.

Naquela tarde, estava bem decidida a permanecer do lado do meu pai. Deixei a mesa e peguei no braço dele, quando ele me perguntou

— Você pensa em fazer o que depois que se formar?

— O que eu penso em fazer depois que eu me formar? Vou fazer o que sempre tive vontade de fazer, vou ser livre, vou me tornar poeta.

— E quanto ganha uma pouète-pouète?*

— Não ganha porcaria nenhuma, só vive!

Saltitava ao redor do meu pai, que apanhava novamente minhas mãos, e rindo loucamente empurrávamos nossos corpos até o carro, diante dos transeuntes curiosos, espantados, meu cabelo que eu já havia deixado curto para ficar parecida com Ingeborg Bachmann quando tinha quarenta anos, e com Cristina Campo, minhas duas poetas preferidas, sob cujas fotografias eu dormia, meus cabelos eram curtos e eu usava camisas e calças masculinas, e ninguém perdia a chance de fazer um comentário.

---

* O personagem faz um trocadilho. A expressão "pouète-pouète" parodia a onomatopeia "pouet-pouet", usada para exprimir o som de uma trompa ou de uma buzina. Em francês, "pouète" lembra o som da palavra "poète" (poeta). (N. E.)

— Você nunca usa uma saia? Um vestido? Sempre esses sapatos encardidos, esse jeans sujo?

Eu tinha vinte e um anos e um rosto severo. Caminhava na frente de todo mundo, caminhava na frente do meu pai, nos restaurantes, nas livrarias, enchia os braços dele de livros falando bem rápido, passava a mão na testa e ele ficava preocupado com minha exuberância.

— Você tem namorado? Você pensa em fazer algo da vida?
— Mas já estou trabalhando, papai! O trabalho intelectual também é trabalho.

E depois eu subia nas cadeiras, e depois escalava as estantes, pegava os livros lá do alto, que devolvia sem nunca folhear.

— Não, esse título não me diz nada. Sociológico demais, explícito demais. Você tem aí o *Uivo*, de Allen Ginsberg? Não li muitos estadunidenses, é um erro... Gostaria de descobrir mais poetas, ultimamente não estou descobrindo nada de novo. É triste uma vida em que a gente não descobre nada, você não acha?

Ele me olhava como quem olha uma pessoa que parece se drogar.

— Antes você adorava política. Você não quer nem tentar?
— Ah não, isso aí, não. Não vou ler livros que me explicam o lado grotesco do mundo, coisa que eu já vejo todos os dias. Além disso, a política já era. Não tenho mais interesse. Nem um pouco. Agora estou com outras coisas na cabeça. Agora eu gosto de poesia. A poesia é muito mais potente, tem consistência. É a poesia que documenta a condição humana. É ela que ilustra a duplicidade da humanidade, seu lado sombrio. Desde a *Ilíada*, é a poesia que narra o coração da humanidade. A *Ilíada* é o poema mais político que existe, porque fala da dor do luto, dos dilaceramentos da guerra, do sofrimento, fala do sacrifício, narra o adeus dos amantes, os equívocos do orgulho. Já teríamos nos

precipitado no pesadelo se só tivéssemos a política para tornar o mundo inteligível.

— Mas você não acha que, de tanto ter ideias novas toda hora, acabamos não tendo ideia nenhuma?

Lancei um olhar de total desprezo para ele.

Essa pergunta me deixou chocada. Mas mais do que a pergunta, me irritava principalmente a incapacidade dele de me contradizer. Eu constatava que meu pai não tinha espírito discursivo, nem mesmo destreza intelectual. De repente o enxergava como o homem que ele era, ou seja, um homem simples e concreto. Eu me perguntava se ainda tínhamos alguma coisa a ver um com o outro, e se seria capaz de afirmar publicamente o que herdara dele, de sua educação, na frente dos meus amigos da universidade por exemplo, até dos meus professores, os que eu mais admirava, aqueles que só viviam pela poesia, que só viviam pelas ideias, eles que tiveram pais que liam livros, que tinham muitas ideias novas, mudando a todo momento.

Como não podia entrar em detalhes sobre meu choque, respondi sumariamente:

— A gente tem que se revolucionar, papai. Tem que se manter no limiar de si mesmo. Ontem eu gostava de política, hoje adoro poesia e amanhã o mundo será outro. A gente precisa se manter no limiar do mundo e no limiar de si mesmo.

E peguei os livros sem esperar por ele.

— Deu oitenta e dois euros.

Ele ficou para pagar.

Eu tinha vinte anos e um rosto severo, caminhava na frente de todo mundo com os braços carregados de sonhos. Tinha ideias fixas, e no dia seguinte tinha outras; meu pai me seguia, corria para abrir a porta do carro, e eu não podia imaginar a vida de outra maneira.

Estava no limiar de mim mesma, pelo menos era o que eu achava, a boca cheia de esperanças e um rosto orgulhoso. Consegui sei lá como a façanha de dominar o mundo e meu pai. E mais do que qualquer um, meu pai era o discípulo exemplar que estava do meu lado, me defendendo contra todo mundo, e contra minha tia, minha principal antagonista.

— Ela vai mesmo levar todos esses livros pra Lyon? Ela nem tem mala pra isso. Vocês podiam ter pegado os livros na biblioteca, eu devolveria depois, podiam ter usado a minha carteirinha, fiz por causa dos livros de jardinagem.

— A Annabella gosta de ter os livros dela. É importante para o trabalho e para os estudos dela.

— E onde ela está agora? Ela não vai guardar as coisas dela, vai deixar tudo jogado pelo chão? Tem um livro debaixo da cama enquanto isso eu dançava no jardim, com os fones nos ouvidos, com os dois braços para cima.

Eu tinha vinte e um anos e havia convencido meu pai a ficar do meu lado contra os demais. Eu tinha vinte e um anos e fazia crepes na cozinha onde minha avó não estava mais, condenando todos os inimigos da nossa causa.

— É mesmo uma idiota aquela ali
era o nome de todas aquelas que ele havia amado e que o abandonaram, quando colocava o prato na frente do meu pai, sorrindo como uma criança.

E eu fumava cigarros pinçando o filtro com o dedo indicador e o polegar, como um garoto, o lado da nossa causa não era o mesmo das mulheres. Não pintava as unhas. Não me maquiava. Ostentava braços roliços em regatas brancas e uma barriga de cerveja igualmente redonda no meu jeans encardido, era uma andrógina com meus coturnos militares: ficar do lado do meu pai era a causa da qual eu era a guarnição.

Nesse vigésimo primeiro ano, que foi o último de nossa união, me comprometi a continuar sendo a mais valente apoiadora, a líder, agia como a filha protetora do meu pai, como uma filha-mãe, quando recebi um e-mail no novo telefone que ele tinha acabado de me dar. Um smartphone com internet no qual eu podia baixar aplicativos.

Tirei uma foto no jardim, sorrindo. Criei um perfil. Coloquei meu nome, o lugar onde nasci e onde moro. Encontrei amigos da faculdade e do colégio nos países onde morei, Congo, Gabão, Camarões. Dois dias depois, uma senhora de quem não reconhecia o rosto solicitou amizade. Ela escreveu uma mensagem e explicou que estava me procurando, queria que eu entrasse em contato com a minha mãe.

Continuei sentada no jardim, boquiaberta.

Olhava meu pai consertar a mobilete do meu primo, Léo, e me perguntava quantas mentiras esse corpo ainda podia esconder. Chegou outra mensagem. Eram as palavras transcritas da minha mãe, que essa senhora agora me repassava.

Minha querida,
Como estou feliz de ver que você cresceu, que se tornou uma mulher e está estudando. Queria conversar com você, mas você teria que me prometer não contar nada para o seu pai, estou te procurando há muito tempo. Ele me proibiu de te ver e me obrigou a assinar um documento. Ele disse que você estava mal por minha causa e que eu era uma má influência. A gente estava na embaixada, ele tinha dois advogados, e eu estava com um dos meus irmãos, que me explicava a situação. Ele me deu dinheiro em troca de abrir mão dos meus direitos com relação a você, e daí eu nunca

mais tive permissão para te ver de novo, porque era um perigo para o seu equilíbrio. Era melhor que eu não voltasse mais, todo esse sofrimento acabaria te fragilizando. Tempos depois, me arrependi de ter assinado esse documento, tentei te reencontrar, mas vocês tinham se mudado. Te perdi de vista. Não sabia mais onde você estava. Escrevi para sua avó na França, mas ninguém me respondeu. Até escrevi para sua tia. Ela também não me respondeu. Minha irmã mais velha que vive agora na França me disse que te procuraria, ela me prometeu, e agora ela te encontrou. Você não imagina o quanto estou feliz. Agora você está com vinte e um anos e eu, com trinta e sete. Podemos conversar de mulher para mulher. Agora, você conhece a vida. Não quero falar mal do seu pai, quero apenas te fazer entender.

Dois traços indicaram que eu tinha lido a mensagem. Ela continuava escrevendo. Guardei o telefone no bolso da calça e me enfiei no quarto. Não queria ver essa página de novo. Quem ia me garantir que aquela mulher não era uma mentirosa que queria conseguir alguma coisa de mim, uma pessoa horrível? Não lhe responderia, não responderia a ninguém. Estava de férias com meu pai, que sempre me amou, íamos sair para comprar um caixote de ostras. Que me importavam as palavras de uma mulher de quem sequer reconhecia o rosto? Porém Marthe era mesmo o nome da minha tia, aquela para cuja casa eu planejava ir caso fugisse: Marthe, esse nome, eu conhecia bem.

Olhei o celular mais uma vez. Tinham chegado mais mensagens e uma foto recente da minha mãe. Reconheci imediatamente a forma oval do rosto e do nariz dela, que também é o meu.

Ela estava viva.

Saí de casa. Olhei para o meu pai fixamente. Acho que pensei em empurrá-lo contra a mobilete que ele estava consertando.

Olhei para o meu pai fixamente, minha raiva era tão grande que cheguei a pensar em matá-lo, com minhas próprias mãos, derrubá-lo no chão, esmagar a cara dele. Ele se levantou e sorriu para mim. Enchi um copo de uísque, coisa que eu nunca fazia na frente dele.

— O que você tá fazendo? Tá bebendo uísque agora?
— E você, papai, desde quando tá mentindo pra mim?
— O quê?
— Vou te fazer uma única pergunta, e é melhor você me dar a resposta certa.

Sem perceber, eu estava falando igual ao meu pai quando ele brigava comigo.

— A mamãe está viva ou não?

Ele nem teve tempo de responder, joguei o resto de uísque na cara dele.

— Como você pôde fazer isso comigo, sua própria filha...

Ele respirou fundo e fechou os olhos.

— Annabella, foi por você que...
— Não, chega, chega. Chega disso tudo, já deu. Você não se importa com ninguém além de você mesmo. Você se importa com você mesmo antes de qualquer coisa. Você não protege ninguém. Só protege a si mesmo. Por que vocês tiveram um filho juntos se vocês se odiavam tanto? O que eu tô fazendo no meio disso tudo? Você fez de tudo pra que eu fosse parecida com você, pra que eu ficasse sozinha com você, você fez de tudo pra que eu me tornasse triste e sozinha igual a você.
— Você acha que eu sou triste e sozinho?

Era minha vez de enfiar uma faca no coração do meu pai. Eu fazia isso porque finalmente me sentia capaz. Finalmente me sentia capaz de fugir, capaz de ir embora.

O pai dele o tinha rejeitado.
Todas as mulheres que ele amava o tinham abandonado.
E agora era a minha vez.
E como eles, eu tinha os meus motivos.
Quem realmente pode matar quem ama sem ter uma boa desculpa?

Deixei a entrada de cascalhos para caminhar por algumas horas.

Era o meu vigésimo primeiro ano e eu tinha a convicção de que nada nem ninguém me protegeria do meu pai, exceto eu mesma.
Agora eu era grande o suficiente, forte o suficiente para me libertar. Pelo menos era o que eu achava.

Foi nessa primavera que deixei de ser nós, exigindo naquela mesma noite que minhas passagens fossem compradas no dia seguinte, Royan-Augoulême, depois Augoulême-Saint-Pierre-des-Corps até chegar em Lyon, ordenando que fôssemos à estação de manhã, fingindo que os trabalhos estavam esperando por professores que não esperavam, que eu tinha que voltar para revisar o conteúdo das provas, que logo voltaríamos a nos ver, meus livros em sacolas de plástico, aqueles que pude encontrar no meio da bagunça que estava o meu quarto enquanto arrumava a mochila.
Na plataforma da estação, abracei meu pai sem sequer olhar para ele. Ele ficou em pé próximo da janela, fumando cigarros enquanto esperava, sua mão cheia de um sorriso que ele agitava quando o trem partiu, e da qual eu me distanciava.
Naquele momento, acreditei ter conquistado minha liberdade, mas estava entrando em uma prisão sem carcereiro, um novo regime de autoridade e de disciplina, intransigente e rígi-

do, uma vez que eu o estaria infligindo a mim mesma, por uma mágoa e uma tristeza terrível, de uma culpa tão grande que nenhuma alegria seria capaz de redimir seu preço: acreditei ter conquistado minha liberdade e, na realidade, estava me tornando inconsolável para sempre.

Deixei o trem partir sem olhar para o rosto dele.

Era o vigésimo primeiro ano, o último da infância, em que eu ganharia minhas insígnias de traição, não atendendo mais ao telefone, a bateria baixa anunciada em mensagens curtas e rápidas escritas quando saía dos bares, das casas noturnas, das livrarias, em que alegremente gastaria o dinheiro que ele me enviava, evitando qualquer conversa, até o dia em que decidiria me libertar completamente, para não ficar devendo mais nada. Parei de responder as mensagens do meu pai.
No final daquele mesmo ano de 2011, me tornei a traidora suprema. Eu pegava sem dar nada em troca, nem um bom dia, nem uma atenção, as mensagens do meu pai lotavam a lixeira. No final daquele ano de 2011, fiquei do lado da minha liberdade, pelo menos era o que eu achava.
Não falava nem com a minha mãe, que havia me separado do meu pai, nem com o meu pai, que havia mentido sobre a morte da minha mãe: os dois tinham morrido para mim.

10.

Quando a vizinha foi embora, abri os armários à procura de fósforos, empurrando as panelas e os temperos. Estava procurando no quarto, debaixo da cama e perto da poltrona, o isqueiro que Raphaël usara no dia anterior, quando meu celular tocou. Era Gabriel.

— Posso saber o que você anda aprontando? Onde você tá? O proprietário tá te procurando, ele vai na sua casa segunda-feira e vai deixar suas coisas na calçada. Você tá devendo seis meses de aluguel. Você estava pensando em me contar algum dia que não estava mais pagando o aluguel? Não esquece que eu sou seu fiador. A gente tinha um combinado. Você pagava o aluguel, e ficava tudo bem. Não tem contrato. Ele pode chegar na sua casa a qualquer momento e arrombar sua porta. Você tá escutando o que eu tô te falando? Você podia pelo menos me responder.

— Não tenho dinheiro.
— E a sua bolsa?
— Não tenho bolsa. Nunca tive.
— Do que diabos você tá falando?

— Não tô em Lyon, meu pai morreu. Fui embora. Preciso cuidar do enterro dele, tenho que repatriar o corpo dele que tá na África.

— Mas que diabos você tá falando? Já faz dois anos que ele morreu. Foi você quem me disse. Mas que diabos você tá falando, Annabella? Que diabos você tá falando?

— Meu pai morreu faz duas semanas. E tô sem dinheiro.

— Mas como é possível ele ter morrido há duas semanas se ele já estava morto há dois anos?

— Meu pai morreu no dia 29 de abril. Eu menti quando te disse que ele tinha morrido há dois anos.

— Você mentiu pra mim? Você mentiu? Você mentiu todos esses anos? Mas como mentir assim sobre uma coisa tão grave, Annabella? Na real, você passou todo esse tempo mentindo. Não existe uma coisinha sequer sobre a qual você não tenha mentido. Tem pelo menos uma única coisa sobre a qual você não tenha mentido, Anna?

Após um longo silêncio

— O proprietário vai segunda-feira na sua casa para abrir a porta se você não tiver pagado o aluguel. Onde você tá? Fui na sua casa várias vezes, você não atende.

— Não tô em Lyon.

— Resolve isso.

— Eu não tenho dinheiro.

— Quer saber? Tô me lixando, tô me lixando pro que você diz. O que você faz, o que você diz, o que você é, nada, nada me importa mais. Se vira.

E ele continuou

— Você é mesmo inacreditável, Annabella. Nunca vi isso. Você nunca dá o braço a torcer. Você não respeita nada nem ninguém. Não sei mais o que é verdade. Você me amou alguma vez? Algum dia você me disse alguma coisa que era verdade, pra mim ou pra qualquer pessoa? Annabella, tô falando com você, responde.

— Não sei quando tudo começou, em que momento me tornei incapaz de dizer a verdade porque ela era muito difícil de encarar.

— Tenho a impressão de ter passado dois anos da minha vida com uma mulher que eu não conheço. Quem é você, fala pra mim? Te dou uma chance pra me dizer a verdade, vai, tô escutando. Diz a verdade. Pela primeira vez, diz alguma coisa que seja verdade. Onde você tá? O que você tá fazendo agora? Você acha que eu sempre vou estar aqui pra limpar suas merdas? Você tem exatamente vinte e quatro horas pra resolver isso.

Ele desligou. Fiquei de pé por um momento, com o celular na mão. E Raphaël bateu na porta, perguntando por que estava cheirando a gás. Respondi que havia esquecido de desligar o forno e girei os botões do fogão para apagar tudo.

Ele se sentou em uma cadeira na cozinha. Gabriel ligou de novo. Deixei tocar. Ele enviou uma mensagem. Desliguei o telefone.

Eu continuava de pé na cozinha, olhava Raphaël procurar as meias debaixo da poltrona e em volta da lareira, eu o olhava se abaixar sob os móveis e a mesa de jantar. Eu continuava de pé na cozinha, debaixo das portas abertas do armário, olhando fixamente para o jardim, quando ele envolveu meus ombros com seus braços.

E com os punhos fechados, bati de leve nas costas dele, como se fosse ele quem precisasse de consolo, e começamos a dançar.

Eu estava acompanhada, mas sozinha.

Ele me convidou a ficar de joelhos, enquanto acariciava minhas costas, eu quase sufoquei. Ele segurou meu rosto com seus dedos robustos, até que perguntei se ele gostaria de ficar.

— Não consigo dormir quando não tem ninguém por perto. Ele colocou suas duas mãos nos meus quadris. Ele tinha cheiro de água de colônia. Tinha cheiro de sabão. Acariciei as pintas em seu pescoço e sua camisa entreaberta. Ele tinha uma barba na qual eu ainda não havia reparado. Ele sugeriu que fôssemos caminhar na praia.

Eu o segui. Primeiro pela Rue des Hortensias, depois pela avenida onde andamos de mãos dadas, passando pelo Super U onde tínhamos nos encontrado, descendo em direção ao centro e à praia de Saint-Palais, cujo caminho eu agora reconhecia, parando na barraca de sorvete em que pegamos um balão azul e duas casquinhas.

Nos sentamos num banco, fixei o horizonte profundamente, até demais, e meu rosto se encheu de lágrimas. Bruscamente, fiquei inconsolável. Queria ir embora, sair da praia, queria caminhar sozinha na frente dele como se estivesse sozinha no mundo.

— Me deixa em paz! — disse a ele enquanto ele me seguia na rua.

Eu o empurrei, ele me segurou. Dei uns chutes nas panturrilhas dele, um soco na barriga e saí correndo. Ele me seguiu e me envolveu com os braços como quem imobiliza um louco.

— Por que você tá com essa cara de cachorro cagando? O que tem de errado, agora? Há dois minutos, você estava bem, tomou um sorvete, estávamos rindo.

— Você não vai entender e eu não quero dar explicações.

Os carros reduziam a velocidade e voltavam a acelerar, eu me desvencilhei para dar um tapa nele quando ele me deu um.

Eu estava furiosa. Berrei:
— Eu te proíbo, te proíbo mesmo de tocar em mim. Eu te proíbo de tocar em mim. Eu te pro-í-bo-de-to-car-em-mim. Da

próxima vez, da próxima vez que você fizer isso, eu vou pegar a sua cabeça, pegar a sua cabeça e esmagar ela no chão, entendeu?

— É você que tá me batendo. Agora mesmo você me encheu de bofetadas. Estava me dando tapas e chutes.

— É que meu pai morreu e acho que quero morrer também, não sei...

Então, sem me perguntar nada, sem pedir minha opinião, sem me pedir qualquer explicação, ele pegou minha mão de novo antes de falar.

— Tudo bem, vamos voltar pra casa. E se acalma. Você vai tomar um banho e depois a gente vai dormir. Amanhã, você vai estar raciocinando melhor.

E caminhamos em silêncio, com a grande avenida e a Rue des Hortensias sob nossos pés; depois nos sentamos na beira da cama no quarto da minha avó, onde eu ainda não havia dormido. Ele tirou meu tênis, me deitou na cama, pôs suas mãos na minha cabeça fervendo. Enquanto ele dormia, eu saí da cama para completar a lista de coisas a fazer.

— *Contatar Régis*
— *Encontrar solução para coisas Lyon, alugar box para móveis*
— *Procurar trabalho*
— *Pedir hospedagem para alg. caso retorne*

Da mesa da cozinha onde estava sentada sozinha, contemplei a noite e a manhã nascer pela janela e encher meus dedos de medo. Porém, parecia que nesse dia teria meu único descanso. Era domingo. Voltei para a cama para encostar minha cabeça nas costas de Raphaël.

Ele estava dormindo tranquilamente.

Eu acariciava as marcas nos ombros e na barriga dele, as marcas que eu tinha deixado.

Fiquei olhando para as marcas nos ombros de Raphaël, pensando que o trataria como tratei Gabriel, que mentiria para ele como faço com todos os homens, inclusive aqueles que amo; fiquei olhando para as marcas de Raphaël pensando que eu era igualzinha ao meu pai, movida unicamente por meu amor-próprio. Gabriel, que no entanto eu havia amado, ele também, eu o havia magoado com minhas mentiras e acessos de raiva, tapas na ponte da Guillotière, onde o ameaçava gritando, meu ciúme exagerado que não era amor, mas um ódio profundo por tudo aquilo que se ergue contra mim, que me enfrenta: o que eu sabia fazer tão bem quanto meu pai era usar os outros, a despeito de amá-los.

11.

No domingo, 19 de maio, mais de duas semanas após a morte de meu pai, já passava do meio-dia quando abri os olhos e a porta do quarto. As venezianas escancaradas ofuscavam minha vista. Virei de costas para as janelas e olhei para a sala de estar, onde tudo estava de volta no lugar. Tanto as cadeiras como os pratos, organizados embaixo da mesa e nos armários. Estava indo na direção da porta de entrada quando entendi que ele havia ido embora, as rodas da van na entrada de cascalhos marcavam os vestígios de uma manobra. Ele havia ido embora sem dizer nada, deixando a panela ainda quente no fogão e os travesseiros virados, ele havia partido de manhã, abandonando seu lugar na cama, esquecendo os cigarros, indo embora sem uma palavra.

Peguei o maço de cigarros e o guardei no meu sutiã. Se ele tivesse realmente dado no pé, pelo menos eu teria ganhado um maço de Camel. Liguei o computador.

Régis ainda não tinha me respondido, nem sequer se conectara. Abri a aba de mensagens para escrever para ele.

Régis,

Talvez você não tenha tido tempo, e todos nós temos nossas obrigações, mas esperava de um amigo que ele cumprisse suas promessas. Estou decepcionada. Suponho que eu tenha sido ingênua ao confiar numa palavra dada. Já faz dois dias que aguardo uma resposta. Você se conecta e não tira um tempo para me escrever, mesmo que fosse para explicar que está muito ocupado. Você poderia simplesmente me dizer: "Não tive tempo. Tive alguns problemas. Estava ocupado". Não sou uma criança. Posso entender. E garanto que entenderia. Ficaria tudo bem, seria o suficiente. Não ficaria chateada com você, e como poderia? Eu, que nunca dou notícias para ninguém, exigir um favor e o apoio incondicional de amigos que quase não me dou ao trabalho de encontrar, amigos que faz tempo que não vejo. Estou decepcionada, e não sei se é com a sua atitude ou comigo mesma. Não se preocupe mais com isso, não se esforce mais. Nada disso tem a menor importância.

Annabella

Fechei a aba e excluí o contato.

A notícia da morte do meu pai tinha se espalhado, as condolências afluíram de todos os lados, de pessoas de quem já havia me esquecido. Uma mulher que tinha um restaurante que eu e meu pai frequentávamos quando eu era criança me escreveu todo seu pesar. E os amigos do meu pai, de cujos rostos não me lembrava mais, com exceção do velho Takzouk, agora tão velho. Ele nunca parou de envelhecer. Enquanto olhava a foto de perfil dele, pensei que ele poderia continuar a envelhecer mesmo depois que eu morresse. E também teve o Romaric, o amigo do bairro onde morávamos, muito mais meu amigo que do meu pai.

Antigamente, nós esperávamos o transporte juntos. Ele carregava uma mochila mais leve que a minha e vestia uniforme, ele estudava na escola pública. Ficava esperando, com ele, o mototáxi passar na entrada da ruazinha. Eu ficava atrás dele. Ele ia até na frente do portão de casa, atirava pedras e sussurrava no ouvido da empregada palavras cujo teor podíamos imaginar facilmente, antes de ir atrás dos carros para beliscar as bochechas dela. Eu fingia que não estava vendo e nem ouvindo nada. Voltávamos para casa por volta das dezessete horas e ele gritava do outro lado da rua:

— Não cresce muito rápido senão você vai ter que se ver comigo.

Mas o que ele não sabia era que eu já tinha crescido bastante, e havia muito tempo, havia crescido tanto ao ponto de bocejar caso ele se limitasse a beliscar minhas bochechas. Eu me enfiava portão adentro sem lhe responder. Eu sabia que meu orgulho e meu desdém o encantavam. Eu dava bola para ele dia sim, dia não, às vezes não dava bola, saindo e batendo o portão bem na cara dele.

Meu vizinho Romaric me escreveu, o garoto de uniforme escolar que morava no final da ruazinha, querendo me informar alguma coisa com extrema urgência, falar sobre a morte do meu pai, e também de outras coisas que não podia ser por escrito. Ele me passou um número.

Me lembrei da sua calça amarrotada no mototáxi atrás de mim e das mãos apoiadas nos meus quadris fingindo que não os tocava. Ele apoiava as mãos nos meus quadris e me seguia com o olhar quando o deixava para me juntar aos meus colegas do colégio francês. Eu o ignorava assim que eu chegava, cumprimentando com beijos os amigos que estavam chegando de carro com seus choferes atrás dos vidros fumês.

No colégio francês em Douala, onde eu estudava quando tinha dezesseis anos, longe dos bairros lamacentos onde eu morava, reinava uma sociabilidade completamente diferente. E essa sociabilidade exigia uma determinada encenação da nossa entrada na arena, aquela que regulava nosso lugar no mundo e dentro do estabelecimento.

Havia a altíssima aristocracia, os filhos de diplomatas, os filhos de ministros e de diretores de empresas, os de homens de negócios também. Eles se reuniam no clube francês, iam aos coquetéis da embaixada para os quais nunca éramos convidados. E aos domingos e nos dias de festa, em suas polos e bermudas brancas e azuis, eles jogavam golfe e tomavam o brunch no clube Hilton. E depois havia nós, a classe intermediaria baixa e média, filhos de aventureiros e engenheiros, de trabalhadores modestos ou medianamente abastados, que às vezes se beneficiavam de uma bolsa ou pagavam à vista, que não passavam as férias de primavera nem as de outono em Barcelona, São Domingo ou Nova York, que usavam tênis de marca mediana, Nike, Adidas, Vans. Nessa hierarquia, embora fosse possível ocorrer uma decadência, que o filho de um homem de negócios rico pudesse chegar de repente num carro sem chofer e conduzido pela própria mãe, uma ascensão, por sua vez, raramente era possível.

Quanto a mim, eu era ainda menos que isso: morava nos bairros no outro extremo do centro da cidade e ninguém sabia exatamente de onde eu vinha, nem quem era meu pai, nem se realmente eu tinha uma mãe, ou se eu tinha sido roubada na maternidade. Circulavam vários boatos a esse respeito: eu teria sido adotada, mas não sabia; a prova disso era que eu não me parecia com ninguém da minha família; no entanto, ninguém tinha visto minha família; eu teria dois pais, o primeiro e o que me acolhera; não, eu teria sido criada na floresta com os macacos e outros animais, aliás, era por isso que eu sempre estava com as mãos e as unhas sujas e meus cadernos eram todos manchados.

Assim que eu chegava ao colégio, passava sorrateiramente pela entrada e me juntava a um grupo de alunos, o primeiro que aparecesse, os que comentavam as lições que tínhamos que fazer, ia para o pátio voando pelos corredores, zombava das minhas próprias roupas. Ia diretamente para a sala. Adorava meu professor de filosofia. Ficava em frente à sala dele ao final de cada aula, fazia perguntas que achava muito profundas e honestamente inteligentes.

— Senhor, podemos afirmar que continuamos idealistas se quisermos agir sobre o mundo, transformá-lo?

Ele me respondia que eu tinha que parar de ficar quebrando a cabeça e que o exame de conclusão do ensino médio não exigia tanta reflexão. Ficava revoltada, voltava para casa bufando, já não gostando do meu professor.

Às vezes, encontrava meu vizinho Romaric em frente ao colégio na saída da escola, conversando com outros alunos, aqueles que pertenciam à alta aristocracia. Ele lhes passava uns pacotinhos, eles riam juntos. E ele sorria para mim quando eu passava por eles, pedindo que o esperasse para pegarmos o mototáxi juntos, eu fingia que não o conhecia.

Pegava o táxi duas ruas mais adiante, ele parava a moto e voltávamos para o nosso bairro.

Eu me lembro da sua mochila leve nas costas, onde ele não levava nenhum livro, me lembro de lhe dizer num tom bem sério:

— Você estuda o que na escola se nem um caderno você tem? e ele me respondia com a mesma seriedade.

— A gente aprende coisas úteis. Aprende que 500 + 500 = 1000 francos CFA,* se eu te empresto mil, você me deve dois mil.

---

* Moeda comum a vários países francófonos da África. Hoje, a sigla significa "Communauté Financière Africaine" (Comunidade Financeira Africana). (N. T.)

E era melhor você anotar isso no caderno do que todas essas suas besteiras que não valem de nada.
e seguíamos assim até chegar ao bairro, até eu bater o portão na cara dele.

Me lembro do uniforme amarrotado dele e dos papéis de jornal que ele enfiava na mochila, além dos pacotinhos.

Raphaël entrou na cozinha com uma sacola de compras e roupas, algumas camisas e uma calça, uma máquina de barbear e uma escova de dentes. Ele não me deixaria sozinha nessa semana. Ele colocou em cima da bancada um *tagliatelle*, alguns legumes e carne.

— Vou cozinhar pra você a melhor bolonhesa do mundo. Receita da minha mãe. Isso vai te animar.

E guardou duas garrafas de vinho tinto na geladeira. Eu não falei nada. Eu o deixei colocar a panela no fogo. Me ofereci para descascar os legumes quando percebi que já eram duas horas.

Liguei o celular. Ele cobriu a bancada com um pano de prato para deixar os tomates escorrerem. Eu observava o jardim. Ele tirou os copos do armário, e deixei que os braços dele envolvessem meus ombros. Estávamos almoçando um de frente para o outro, até que resolvi quebrar o silêncio sem ele me perguntar nada. Sem rodeios, contei a ele que meu pai havia morrido do outro lado do mundo, que eu precisava repatriar o corpo, que ia perder meu apartamento em Lyon, que estava sem dinheiro. Ele se ofereceu para me ajudar a encontrar um emprego na região, nos restaurantes que ele conhecia ou no Super U onde ele era segurança, com a condição de que eu não ameaçasse os clientes nem fizesse comentários inapropriados.

Depois do almoço, lavamos a louça lado a lado como velhos amantes, e encostei a cabeça no ombro dele para descansar.

Afinal, o que mais podia me acontecer? Estava com vinte e três anos e havia perdido tudo.

No final da tarde, decidi sair do quarto para responder às mensagens de Gabriel e me refugiei no banheiro. Li todas as mensagens dele, especialmente a última.

Annabella, conversei com o proprietário. Ele te deu dois meses para encontrar uma solução. Acertei três aluguéis dos seis que estavam atrasados com a poupança da minha viagem para o Canadá. Disse para ele que você tinha perdido seu pai. Depois, você vai ter que deixar o apartamento. Na verdade, acho que não quero ficar sabendo de nada. Te desejo boa sorte. Não estou com raiva. Apenas indignado por perceber o quanto não te conheço. Se cuida.

Em pé no banheiro, apaguei todas as mensagens e o telefone de Gabriel, que não me amava mais, Gabriel e seu rosto entre meus seios, nossos últimos meses juntos destruídos por causa das minhas mentiras.

À noite, me revirava na cama, preocupada com os depósitos que não estavam mais chegando, os seis meses sem poder contar a ele de onde vinha esse medo, Gabriel de quem estava me afastando, Gabriel com quem caminhava na ponte da Guillotière, Gabriel com quem conversava a noite inteira, até de manhã, sua cabeça apoiada nas minhas coxas enquanto ouvíamos música, a cabeça de Gabriel, cheia de nós e alegria, seus cachos escuros se enrolando em minhas unhas, Gabriel não me amava mais, com as veias na testa quando se engasga de tanto rir, seus lábios carnudos de menina e seu queixo imponente, Gabriel que segurava minhas pernas, querendo que eu continuasse dormindo até de manhã, Gabriel e seus olhos sonolentos nas colinas de Croix-Rousse quando nos deitávamos nos jardins suspensos, minha cabeça em seu peito, e os poemas que a gente lia debaixo dos afrescos e dos lençóis na varanda, espalhando seus aromas de jasmim onde em breve gostaríamos de morar.

— Você vai ser professora e poeta, e eu vou ter meu escritório. Vou fazer consultoria em redução de emissões de CO_2. Vou cobrar preços exorbitantes pelos meus conselhos para poder comprar livros para minha linda esposa, que vai ficar estudando todos os dias

e começávamos a rir, e ele colocava o dedo indicador no meu nariz, e mordia minhas bochechas

— Vou trabalhar numa das salas; você, em outra. A gente nunca vai ficar enchendo o saco um do outro. Vamos viver num desses apartamentos, olhando os jardins suspensos e as colinas enquanto tomamos nosso café, e vai ser extraordinário.

Gabriel, que subia as colinas de Croix-Rousse ao meu lado e agora não me amava mais.

Eu havia cometido muitos erros, principalmente o de mentir e depois me perder nas minhas próprias mentiras.

— *Em fevereiro, vai fazer dois anos que meu pai morreu*
— *Mas você tinha falado que foi em abril*
— *Você enviou seu manuscrito?*
— *Ainda tenho que ler a segunda parte da coletânea*
— *Mas ontem você tinha me falado que já tinha terminado, que não ia mexer em mais nada*
— *Não escrevi nem dez páginas*

Havia cometido muitos erros, principalmente o de ser uma impostura para aquele que eu amava, a boca cheia de grandes ideias que costumava teorizar sem colocá-las em prática por eu mesma não tê-las experimentado: eu não era sensível o bastante, no sentido mais forte da palavra, ou seja, disposta a conhecer e experimentar a verdade.

* * *

Disquei o número do meu antigo vizinho, Romaric, para que seu telefone tocasse. Esperava que ele me ligasse de volta, e ele ligou
— Annabella, como você tá se sentindo?
sua voz calma e menos sorridente que antes.

— Obrigado por perguntar. Você está morando no mesmo bairro? Queria te pedir um favor. Você poderia ir à casa do meu pai e ver se tem uma pequena pasta marrom na mesa de cabeceira ou nos armários, caso você consiga entrar? É daquele tipo de pasta de guardar documentos administrativos, sabe? Pega e me fala o que tem dentro dela. Deveria ter uma papelada. O contrato de trabalho dele, que tô precisando. Você pode fazer isso pra mim, pode ir lá ver isso? Com certeza o contrato tá na papelada dele. Por favor, Romaric, você tem que me ajudar, conto com você.
— Annabella, é justamente sobre isso que queria conversar com você. Um dia depois que soubemos que seu pai morreu, eles apareceram bem cedo. Estavam em quatro ou cinco. Reviraram tudo. Eram dois carros. Duas 4 × 4. Eles vasculharam tudo, não dava pra saber o que estavam procurando. A gente achou que eram da polícia. A mulher que morava aqui com seu pai foi com eles. Eles ficaram no mínimo duas horas. Seu pai estava passando por momentos bem difíceis ultimamente. Não estava mais recebendo dinheiro. Tinha sido demitido. Estava fazendo pequenos bicos aqui e ali. E as últimas pessoas com quem ele teve que lidar não eram pessoas boas. Annabella, eu não nasci ontem, e sei bem quem são as pessoas com quem seu pai andava, não eram pessoas de confiança. Mesmo eu que faço meus negócios por aí desconfio deles. É melhor você tomar cuidado.

* * *

 Raphaël estava batendo na porta do banheiro quando desliguei, antes de bater minha cabeça contra o espelho.
 O sangue escorria na minha testa.
 Raphaël continuava a bater na porta.
 Romaric estava me ligando de volta.
 Raphaël ameaçava arrombar a porta se eu não abrisse.
 Peguei um caco do espelho quebrado para fazer uma franja que escondesse o sangue na minha testa.
 Raphaël começou a chutar a porta com muita força.
 Levei o pedaço de caco na direção da minha cabeça para cortar o cabelo, tudo o que tinha crescido naqueles últimos dois anos, os cachos onde Gabriel mergulhava as mãos.
 Cortei até ficar bem raspado.
 Raphaël abriu a porta do banheiro, viu meus cabelos espalhados no chão e o espelho quebrado, o pedaço de caco que eu estava segurando, minha mão ferida.

12.

Na segunda-feira, Raphaël se ofereceu para cortar meu cabelo. Fiquei sentada na cama enquanto ele arrumava o corte. Eu observava os móveis no quarto como se nunca os tivesse visto antes. Raphaël limpava minhas costas, eu varria os cabelos no chão, me abaixei para recolher os que estavam debaixo da cama da minha avó, quando de repente: um livro na escuridão, não tão velho, cheio de poeira.

Enfiei meu braço debaixo da cama para alcançá-lo, antes de assoprar a capa. Abri a primeira página. Era *Molloy*, no meio daquele acúmulo de poeira e do esquecimento, perdido aqui desde o último verão, ou seria melhor dizer "esquecido", meu *Molloy* e suas marcas de gordura e açúcar, meu *Molloy* e suas anotações. Fiquei olhando para as pontas dobradas das páginas e sorri do pouco cuidado que eu já tinha com os livros, *Molloy* e o traço duplo de caneta em uma frase, em cada página, e sobretudo na página quarenta e sete, ecoava diferente. Fechei o livro e a frase para não lê-la, mas já era tarde demais: sua verdade havia me atingido.

* * *

Alguém buzinou na entrada de cascalhos, depois bateu na porta, deu bom-dia para Raphaël na cozinha. Enxuguei o rosto para encontrar minha tia e meu tio, furiosos na cozinha. Raphaël foi para o jardim. Minha tia e meu tio insistiram para eu me sentar, puxando uma cadeira para mim, apoiando as xícaras de café, ironizando o meu novo penteado

— Recebemos duas ligações. A primeira, de um amigo do seu pai de lá. A segunda, da embaixada. Sylvie teria aceitado dinheiro dos empregadores para acertar os seis meses de aluguel atrasado do seu pai. Fazia seis meses que ele estava sem receber salário. A segunda notícia é que os relatórios da polícia foram modificados
Meu tio pegou o celular

— Eles escreveram, vou citar: "auto do falecimento modificado após verificação exata dos fatos". Os novos relatórios anularam os anteriores. Tudo foi alterado: a data, o lugar, as circunstâncias. Tudo. Assim, seu pai não morreu mais em Ezéka, mas em Douala. Ele não morreu consertando uma máquina, mas o caminhão de um vizinho. E eles nem sequer se deram ao trabalho de criar uma história com pé e cabeça. Foi um jovem do bairro que levou o corpo dele para o hospital e depois para o necrotério. No novo relatório consta o depoimento dele
depois, passando os dedos nas têmporas, meu tio furioso

— Como são capazes de mentir nesse nível sobre a morte das pessoas? Eles não vão parar por nada.

E foi minha tia que disse:

— Annabella, eu sei, é difícil, mas precisamos te dizer uma coisa, talvez você tenha que considerar a possibilidade de nunca mais ver seu pai. É possível que o enterrem lá mesmo. Você tá entendendo? Você tá entendendo, Annabella? Talvez a gente não consiga repatriar o corpo do seu pai.

— Mas o advogado não vai ajudar? Foi por isso que fomos no tabelião.
— O dr. Welbom não está mais atendendo o telefone. Ele pediu um adiantamento exorbitante e não conseguimos arranjar. Estamos sozinhos nessa. Não temos como pagar essa repatriação, nem os serviços de um advogado. É um valor considerável, os honorários do tabelião, é um dinheiro que a gente não tem. Você precisa aceitar, você precisa começar a aceitar, Annabella, você não ver o seu pai de novo.

Saí da mesa e perguntei para meu tio e minha tia onde ficava a igreja, e eles me deixaram ir mesmo sem saber o que eu ia fazer. Meu tio falou:
— Fizemos compras pra você, vamos pôr tudo aqui na mesa enquanto eu deixava a entrada de cascalhos a toda velocidade.

Estava caminhando com passos determinados, analisando a arquitetura da cidade, pensando que, se conseguisse chegar ao centro, encontraria a igreja na praça da feira, como é comum por toda parte na França, o amontoado de lojas e bancos.

Eram nove horas quando cruzei o patamar da igreja com suas grandes portas abertas.

Uma senhora idosa limpava os assentos tossindo, sem olhar para ninguém perto da capela, onde os turistas se acumulavam. Me sentei num dos bancos de trás, não muito longe do vão, e voltei a pensar na frase de Samuel Beckett. Quanta ironia. Encontrar esse livro justo hoje. Eu ri.

As velas da primeira missa estavam sendo retiradas. Dois jovens padres com cabeça de querubim levavam os candelabros e a cruz. A senhora idosa veio para limpar os bancos.

Minhas mãos estavam fechadas entre as coxas.

Rezava, recitava as palavras de Beckett. Eu gostava delas pela beleza e pela verdade que continham. Gostava delas porque revelavam a desordem da minha existência.

A senhora idosa que estava limpando os assentos beijou sua cruz antes de estender suas duas mãos, como se fosse acolher meu rosto, como que para consolá-lo. Eu ria e meu rosto estava coberto de lágrimas, de raiva.

Não queria cruzar com o olhar dela. Saí da igreja e decidi assumir a verdade daquela frase, que, no entanto, já havia me alertado. Já não queria que ninguém me ajudasse, nem ser consolada por ninguém, tampouco que me perdoassem. Estava decidida a abandonar tanto a ilusão quanto as mentiras. Caminhei por Saint-Palais e atravessei o quintal batendo o portãozinho, depois abri a porta de casa, onde ninguém mais estava me esperando, a não ser um bilhete:

"Voltaremos amanhã para te ver. Obrigado por ter arrumado a casa.

Sua tia"

Voltei ao quarto para pegar o livro e reler a frase.

Estava sentada na cama, queria entender que presságio havia naquela verdade:

"Minha vida, minha vida, ora falo dela como uma coisa acabada, ora como uma brincadeira que ainda perdura, e estou enganado, pois ela acabou e ao mesmo tempo ainda perdura, mas com qual tempo verbal é possível expressar isso"

Fechei o livro. Fui até a cozinha pegar alguns sacos plásticos debaixo da pia, nos quais coloquei todos os livros. Platão é o que jogaria primeiro, em seguida Santo Agostinho; com eles, Sêneca, que oferece grandes lições sobre a temperança e a vida feliz, aquela bem aproveitada, aquela que nunca é desperdiçada, eu os tinha lido e no entanto desperdiçara minha vida, tinha lido Beckett e não entendera que minha própria vida já estava acabada, e havia muito tempo, e que eu estirara o seu rasgo, ad infinitum, por covardia ou extremo cansaço. Permitia que ela fosse destruída, fosse devorada pelos cupins da mentira: joguei todos os livros na porta de entrada, fechei todas as venezianas e liguei o computador para responder aos e-mails da universidade. Seria honesta com eles, diria que ia desistir de tudo, que não queria mais me iludir. Eu? Professora, poeta, como um anão pode se tornar um gigante? Como eu poderia descobrir a verdade do mundo e elevar os espíritos, alimentar as almas, se a minha própria estava sofrendo tanto e só conhecia mentiras?

Prezada sra. Martin-Brigeon,
Vou desistir dos meus estudos. É uma decisão definitiva, a mais definitiva que já tomei. Não vou mais desperdiçar meu tempo, não vou mais ficar duas horas na biblioteca para traduzir Plínio. Vou pôr um ponto-final nesta vida. Não pertenço a esse mundo, não pertenço a um mundo onde as pessoas dedicam o seu tempo a ler livros e a pensar. Uma hora já é o bastante. Uma hora é dinheiro perdido, uma oportunidade desperdiçada, menos comida no prato. Três anos de estudos que não dão em nada já é demais; imagina então cinco anos, um verdadeiro escândalo. Vou pôr um ponto-final nessas ilusões, tenho que me sustentar, e o quanto antes. E quem me dera fosse só o problema do dinheiro. É o mundo inteiro que está se desfazendo e perdendo o sentido: perdi as esperanças em relação à literatura bem no momento em que acreditava que a literatura poderia me ajudar, me salvar.
Meu pai morreu e não encontro sequer um poema para me consolar, uma única palavra, uma única frase, justo eu que amava a literatura (imagine só?), nem sequer um verso para aliviar meu coração, pelo contrário, é a própria literatura que está me fazendo sofrer, na medida em que ela foi uma verdade anunciadora que eu não soube escutar, não soube ler. É possível amar livros e enchê-los de anotações, falando copiosamente sobre eles sem de fato ter

compreendido o verdadeiro sentido deles: é que não se estava pronto para a literatura, ou no mínimo para a coragem da verdade que ela exige, tal verdade podendo estar muito mais próxima da fábula do que do relatório policial.

Não voltarei à universidade, não vou mais estudar literatura, nem vou me tornar professora. Não vamos mais nos reencontrar.
Joguei fora todos os livros que eu tinha.
Cordialmente.

Apaguei meus e-mails naquela mesma tarde e decidi fazer uma triagem na sala, jogar fora as panelas gastas demais, tirar a poeira dos móveis e das fotos.

Vou passar um tempo aqui.

Organizei o guarda-roupa e o quarto da minha avó. Peguei algumas caixas velhas debaixo da cama para guardar as fotos de família que estavam amontoadas perto da lareira. Todas as fotos de família, inclusive as do meu pai, as fotos nas molduras, os negativos espalhados, por cima de tudo, como se alguém os tivesse olhado e largado ali antes de ir embora, até que encontrei um negativo em um envelope com selos antigos.

Fui para a parte mais iluminada da sala para poder enxergar melhor.

Dois corpos justapostos, um na frente e o outro atrás, com as mãos afundadas numa cabeleira.

Aproximo o negativo da abertura das venezianas, onde passava luz.

Os cabelos são meus.

Um tufo espesso no qual meu pai afunda uma escova e suas mãos.

Nós estamos nessa cozinha.

Mas estou com quantos anos? Catorze anos? Dezesseis anos? Já estou bem grande, mas não sou ainda uma mulher. Ele veio me acordar naquela manhã, acabo de me lembrar. Passando os dedos no meu tufo desgrenhado, ele beijou minha testa e minha bochecha direita, aquela em cima da qual não durmo, ainda gelada de manhã. E minha bochecha sentiu o choque do calor do café dos lábios dele. Ele puxou o edredom para que eu saísse da cama e colocou os chinelos sob meus pés. E sem abrir os olhos, estiquei meus braços para cair nos dele e beijei seu rosto. Ele me carregou até a mesa da sala de jantar e penteou meus cabelos, passando delicadamente a escova, cujas cerdas quebravam entre meus cachos. Ele colocava a mão na raiz dos meus cabelos para suavizar a escovação, e lembro de me virar para ele para lhe dar mais um beijo, e agradecer. Lembro exatamente do momento. Deixo a mesa e o café da manhã para dar um abraço no meu pai.

— Meu papai, amorzinho, que amo com todo meu coração, gosto tanto quando você escova meus cabelos.

Lembro exatamente do sorriso dele. Ele me dá um outro beijo na testa

— Eu é que te amo com todo meu coração e para sempre.
— Para todo o sempre?
— Para todo o sempre até a eternidade

sua voz de tosse e o cheiro de cigarro espalhado pelas minhas bochechas.

Existe um momento na minha vida em que amo meu pai mais que tudo no mundo. Eu o amo porque nossas solidões estão estreitamente ligadas. Eu o amo porque não há mais ninguém além dele para cuidar de mim.

Deixei o negativo na mesa. Peguei meu celular para ligar para a embaixada francesa. Não sabia mais quantos minutos de crédito me restavam, falei rápido.

Disse que eu era Annabella Morelli, disse que queria falar com o vice-cônsul imediatamente, disse que eu precisava contatar meu advogado, disse que ele não tinha o direito de nos abandonar, disse que queria que ele me ligasse de volta, disse que queria conversar com o empregador do meu pai, disse que queria falar com ele por telefone, disse que era melhor eles me ligarem agora mesmo e com urgência, disse que queria um acordo; desligaram. Quarenta minutos depois, me ligaram de um número não identificado.

13.

— Você estava me procurando.
— Com quem eu falo?
— Boris Clairefeuille, da sociedade SISCO BOIS Camarões.
Fiquei sem saber o que dizer. Ele continuou.
— Seu pai, diferentemente das informações que foram dadas a vocês, não morreu no canteiro de obras florestal da nossa empresa. Sei que vocês estão numa situação complicada. Você é jovem e tudo isso é assustador. Tenta conseguir um empréstimo. A viagem de avião e o funeral vão custar no máximo vinte mil euros. Dá para quitar esse valor bem rápido, é quase o preço de um carro. E como você está quase acabando os estudos, então vai poder pagar. Não é nada demais. Um empréstimo estudantil de vinte mil euros dá para conseguir bem fácil. E se você não tiver condições, tenta recorrer a uma associação de ajuda ou de apoio, é bem provável que haja uma. Podemos te dar uma ajudinha, na medida do possível.
— O senhor tá rindo da minha cara? O senhor tem noção do que tá dizendo? Tem noção do que tá fazendo? Eu tenho

vinte e três anos. Sou estudante. Acabo de perder meu pai. Ele está a mais de seis mil quilômetros de mim. Não tenho condições de contratar um advogado. Nenhum banco vai me conceder um empréstimo, e você sabe muito bem disso. Só quero recuperar o corpo do meu pai. Só quero poder enterrar o meu pai; e o senhor, o senhor fica rindo da minha cara. Sei que ele trabalhava pra vocês, trabalhava pra vocês e na máquina de vocês, cabia à empresa contratar um seguro, ele foi pro mato pra consertar a máquina de vocês, e ele não morreu em Douala, ele morreu em Ezéka, ele morreu na máquina de vocês, no canteiro de obra de vocês, na exploração da sua empresa. Então, nem me vem com essa conversinha. Vocês vão ter que arcar com as suas responsabilidades, vocês vão até a embaixada, vão fornecer um contrato de trabalho e os relatórios da polícia, não aqueles manipulados, mas os verdadeiros relatórios da polícia. E vocês vão se comprometer em acertar tudo. O traslado do corpo de Douala até Saint-Palais, mas também o enterro aqui, vocês vão arcar com as responsabilidades antes que eu vá atrás de vocês na justiça, fui clara?

— Acho que algum advogado vigarista está fazendo a sua cabeça e a da sua família. Ele mentiu e passou a perna em vocês. Os advogados, o objetivo deles, é tirar proveito de casos lucrativos. Nessa história, todo mundo está se aproveitando de você, Annabella. A morte do seu pai, todo esse infortúnio, é a promessa de uma grande bolada para eles. E você é a única que está sofrendo por não conseguir recuperar o corpo do seu pai. Para as outras pessoas, você não passa de um caso. Um caso a ser tratado. Não vou mentir, vou ser bem franco com você. Seu pai não tinha mais um tostão. Ele estava disposto a trabalhar sem contrato. É um engano achar que há um seguro, nada nem ninguém vai cobrir as despesas dessa repatriação. Estamos cientes da sua dor, podemos imaginar. Podemos ajudar com uma contribuição mínima, já que ele era alguém que nós conhecíamos, na despesa da repatriação ou pagando sua passagem de avião para o enterro do seu pai em Douala. Ele provavelmente vai ser enterrado aqui. Afinal, seu pai era um africano de alma.

— Eu não vou pra Douala, você tá entendendo? Eu não vou pra Douala. Meu pai nasceu aqui em Saint-Palais. A família dele tá aqui, eu que sou filha dele tô aqui. São nossas raízes. E vocês vão dar um jeito de trazer o corpo do meu pai pra cá em Saint--Palais. Vocês vão pagar a repatriação e vão pagar o enterro. Eu não vejo o rosto do meu pai há dois anos. Então eu vou falar de uma forma bem simples o que vai acontecer, caso eu não tenha notícias de vocês em até cinco dias, vou escrever para a imprensa, vou dar o seu sobrenome, vou dar seu nome, vou dar o nome da sua empresinha. Vou contar tudo o que vocês fizeram, vou contar tudo o que eu sei. Esvaziaram a casa do meu pai, manipularam o relatório da polícia, subornaram a companheira do meu pai pra sumir com as provas, todos os métodos mafiosos de vocês. Tenho uma testemunha daí e fotos do dia em que vocês foram lá, fotos que enviaram para o meu celular. Recebi todas no meu e-mail, imagens dos carros de vocês, das placas, dos seus capangas. Vou contar tudo pra todo mundo, vou denunciar tudo para a imprensa. E quem me garante que vocês não assassinaram meu pai porque deviam muito dinheiro pra ele? Quase dois anos de salário? Quem me garante que foi um acidente? Imagina as belas manchetes, seu lindo nome envolvido numa história dessa. Vocês têm cinco dias, sr. Clairefeuille. Espero que nenhum dos seus filhos passe por metade do que vocês fizeram comigo.

— Annabella...

— Não, para de me chamar pelo nome. Para de tentar me manipular. E faz o que é necessário pra devolver o corpo de um pai pra filha dele.

* * *

Desliguei.
Ele ligou de novo.
Desliguei o telefone.
Joguei uma água fria na cabeça.
Tinha acabado de dar um blefe monumental.
Completei a lista interminável das coisas para fazer.
— *Fazer CV*
— *Pensar habilidades*
— *Enviar CV Super U*
— *Conseguir roupa apropriada*
— *Listar jornais*
— *Retornar aquele gordo desgraçado do Clairefeuille*
— *Comprar escova de dente nova*

Abri as portas e as venezianas. Peguei uma bacia para recolher o lixo no jardim.

14.

No dia seguinte, coloquei num arquivo em branco todas as habilidades que eu achava que possuía, e eram poucas. *Pacote Office*, com exceção do *Excel*, inglês intermediário, provavelmente B1 avançado, sem estágio, sem trabalho voluntário, estudos, graduação concluída sem menção honrosa, especialista em línguas antigas, *grego antigo, latim, sânscrito*, línguas muito úteis no mundo de hoje; hobbies, nenhum. Espera, hobbies: cinema e passeios pela natureza. É bom passeios pela natureza, eu ia parecer séria, equilibrada. Que outra habilidade? Ah, sim, dinâmica. Mas isso é uma habilidade? Sim. Decidi que ser dinâmica seria uma habilidade. Então eu seria "talvez" dinâmica, autônoma, determinada e sorridente.

Em pé, diante do espelho do guarda-roupa no quarto da minha avó, treinei meu sorriso.

"Bom dia, em que posso ajudar? Bom dia, senhor, fez uma ótima escolha. Por favor, senhora, deixa que eu carregue isso para você. Espere, vou colocar alguns folhetos e algumas pequenas amostras. Sim, claro, fica no último corredor à esquerda. A seu dispor, é um prazer."

Como eu imaginava que as jovens com habilidades vestiam roupas que escondiam os ombros, perguntei para Raphaël se ele podia me emprestar algum dinheiro para eu comprar um vestido. Ele disse que me daria o vestido e que me ajudaria com as entrevistas.

— Você tem que ficar sempre com a coluna reta, tem que mostrar que você é uma pessoa franca, que podem confiar em você.

Ele se ofereceu para ler minha carta motivacional, sugeriu que eu excluísse todas as linhas relacionadas aos meus estudos.

— Para o que você vai fazer agora, não é muito importante.

Ele propôs inventar uma experiência.

— Você conhece algum restaurante perto da sua casa em Lyon, ou uma padaria?

— O Panier à salade. É um restaurantezinho.

— Vamos lá, então você trabalhou no Panier à salade. Dois anos. Só nos fins de semana, como freelance.

Então imaginamos as habilidades relacionadas com essa experiência: *limpeza, arrumar o salão, atendimento ao cliente, receber os clientes, gestão de estoque*. Raphaël disse que seria mais convincente se eu não desse muitos detalhes.

Tiramos uma foto.

Eu sorria, usava uma camiseta clara e mantinha a postura ereta. Meu penteado curto me dava um ar inocente. Ele reduziu a foto num arquivo Word ao lado da minha idade e digitou o número do meu celular, minhas disponibilidades.

Tinha disponibilidade para começar imediatamente, estava disponível a qualquer momento, eu era profissional, e não importava o quanto iam me pagar. E depois fomos ao centro imprimir uma centena de cópias do documento.

— Você tem que entregar muitos CVs pra conseguir uma resposta, e você tem que se apresentar pessoalmente. É só dar bom-dia, sorrir, dizer que é uma garota do bairro, falar seu sobrenome, dizer que você já pode começar. E não faz perguntas sobre o horário ou sobre salário.

Passamos por restaurantes, lojas, lanchonetes. Me ofereci para trabalhar lavando pratos, como garçonete, como caixa, eu não era exigente, estava motivada. Quando terminamos de entregar todos os CVs, fomos para a orla.

No fim da tarde, as pessoas já estavam aglomeradas na praia sem se banhar, com a água gelada fazendo cócegas nos pés.

Eu afundei meus dedos na areia e joguei água nas minhas bochechas. Entramos numa loja na periferia da cidade para escolher um vestido quando minha tia ligou.

— Onde você tá?

— Tô com o Raphaël. Fomos deixar alguns CVs e agora tô comprando um vestido pras minhas entrevistas.

— Acabamos de receber uma ligação. Eles vão repatriar o corpo, ele chega na próxima sexta-feira.

Eu sorri. Estava exausta.

— Boris Clairefeuille pagou uma parte das despesas e a embaixada organizou uma arrecadação de fundos. Vai ter uma cerimônia em Douala e depois eles vão trasladar o corpo. E Annabella, eu preciso te contar…

— Sim?

— Você não vai poder abrir o caixão. Você não vai rever seu pai. Você não vai poder abrir o caixão porque o corpo dele ficou muito tempo no necrotério. Assim que tirarem ele de lá, ele vai apodrecer com o calor. Você entendeu? Você tá entendendo o que eu tô falando? Você não vai poder abrir o caixão do seu pai quando ele chegar aqui.

Como eu não queria responder, ela continuou:

— Ele sai do aeroporto de Douala na quinta-feira às dez da noite, e chega em Roissy-Charles de Gaulles na sexta-feira às dez para as sete da manhã. Depois, eles vão trazê-lo em uma van até aqui. Ele vai chegar primeiro em Bordeaux e depois segue para Royan. A funerária em Royan vai recebê-lo na sexta-feira às dezessete horas. O funeral vai ser feito no dia seguinte. Não podemos esperar por questões sanitárias. O funeral vai acontecer no cemitério mesmo, no sábado de manhã
e ela deu um riso de nervoso antes de concluir
— É isso, acabou
e meu corpo desmoronou, deixando minha tia falando sozinha no telefone. Alguém deu um tapa nas minhas bochechas para eu acordar. Duas mulheres correram. Elas passaram as mãos na frente dos meus olhos, estalaram os dedos, Raphaël inclinou minha cabeça para a frente antes de carregar meu corpo até o carro, molharam meu rosto. Me deram alguns tapas, mediram meu pulso.

15.

Eu estava deitada na cama. Encarava o teto. Estava esperando amanhecer quando Raphaël encostou suas mãos nos meus ombros e me deu um beijo no rosto para me consolar.

— Você vai enterrar o seu pai, vai conseguir um trabalho e a vida vai recomeçar, já vai ser verão.

Propus prepararmos o café para minha família que ia chegar dentro de algumas horas. Propus pegarmos as mesas. Propus pegarmos as cadeiras. Colocamos uma bela toalha no jardim, na mesa de plástico. Juntamos as cadeiras, as cadeiras brancas e as cinzas, algumas de madeira que encontramos na garagem. Retiramos as xícaras, colocamos açúcar em cumbucas, que deixamos em cima da mesa. Pequenas colheres reunidas nos copos vazios, e água quente para completar as cafeteiras compradas na véspera no Super U.

Abrimos alguns pacotes de madeleines e de biscoitos. Fumei dois cigarros e chegou uma multidão ao jardim, uma multidão repleta de mãos nos meus ombros quando eu trazia água e açúcar. Vieram os primos que chegaram apesar de todas as expectativas contrárias, que viajaram durante a madrugada, os de Paris, os da Itália, carros lotados de crianças com roupa social, olhando o jardim e a casa vazia.

Distribuí copos de leite, xícaras de café. Caminhei entre os primos, com a cafeteira na mão para encher os copos, eles pousavam as mãos nas minhas bochechas, dizendo que não era para eu pensar que estava sozinha, que todo mundo me amava.

O céu estava claro.

Pegamos os carros e as rotatórias, de quatro em quatro, e o rádio de fundo com o silêncio acompanhava as manobras na vaga do estacionamento, gestos carregados de lentidão.

Fui a primeira a sair.

Minha tia e meu tio envolveram meus braços.

Caminhei até o caixão que me esperava do outro lado do cemitério, com o sol me cegando.

Eles carregaram o caixão a quatro mãos, fizeram as rodas deslizarem no cimento e no buraco; e todos, um por vez, cumprimentaram o amigo, o primo, o tio, o irmão, ou melhor dizendo, seu caixão de zinco, impenetrável. E o caixão de zinco se afundou na terra. Deixamos o cemitério e passamos pelas ruas onde os carros corriam em direção à praia.

Minha tia estacionou em frente à casa de vovó e deu um beijo no rosto de Raphaël. Permaneci um momento no carro:

— Tia, você chegou a ver alguma carta da minha mãe?

— Ah! Eu bem que percebi que alguma coisa estava errada. Você não me olhou nos olhos uma única vez desde que chegou, Annabella. Seu tio e eu conversamos sobre isso ontem mesmo, acredita? A gente ficava se perguntando por que você rompeu de vez com o seu pai, com a gente, porque não tivemos mais notícias suas. A gente não conseguia entender. Quer dizer, eu sabia, mas estava esperando você puxar o assunto comigo.

— Pois bem, estou falando com você.

— A gente fez o que era melhor pra você. Você não imagina a chantagem que ela fazia com ele. Todos os meses ela tentava extorquir dinheiro do seu pai. Teve um dia que ele se cansou. Ele deixou uma grande bolada em cima da mesa pra cortar de vez a relação. E pra que ficasse claro e transparente, ele a fez assinar uma papelada, com os advogados.

— Claro, com dinheiro se consegue tudo.

— Calma, Annabella, não estou dizendo que seu pai era um santo. Não é isso que estou te dizendo. Estou te explicando como foi que tudo aconteceu e também pra te dizer que ele tinha os motivos dele. Sim, eu recebi as cartas da sua mãe. Sim, recebi várias, e uma delas há cinco anos, quando você fez dezoito anos. Ela queria saber onde você estava; eu entreguei todas pro seu pai, eu achava que era melhor vocês resolverem isso entre vocês.

— Visivelmente, não foi resolvido, já que isso continua me ferrando a vida até hoje.

— Todos nós temos nossos defeitos. Você tem seus defeitos, eu tenho os meus defeitos, seu pai tinha os defeitos dele, assim como qualquer um. Ninguém é perfeito. Não existe isso de pessoas per-fei-tas.

Dei um beijo no rosto da minha tia e atravessei o jardim. Passei pela porta de entrada, liguei o computador para consultar algumas ofertas de emprego.

Raphaël estava tirando os sapatos para deitar na cama. Havia uma notificação de e-mail. Era da Astrid Martin-Brigeon.

Cara Annabella,

Li seu e-mail ontem. Fiquei dividida entre tristeza e estarrecimento. Evitei te responder imediatamente. Receosa de não conseguir encontrar as palavras, as exatas, que serviriam de apoio, preferi adiar a resposta. É claro, Annabella, que a literatura não consola nada, mas "um ser que sabe um livro de cor é invulnerável", como bem dizia George Steiner. Você não deveria ter jogado seus livros fora.

A morte de um pai é sempre um choque. Quem teria coragem de te pedir para ter menos tristeza, menos raiva? Porém, esse seria um motivo válido para jogar fora todos os seus livros, para não ter mais nenhum deles por perto? Vou deixar as vestes de professora por um momento e falar agora como mulher, como ser humano, para te dizer nosso destino comum: inevitavelmente vamos perder aqueles que amamos, mas não é por isso que temos que deixar de viver. Não espere que a literatura vá ajudá-la mais do que ela já faz. A literatura só nos oferece as chaves do mundo se nos dispomos a ser capazes de interpretá-la, ela só salva porque reintegra o indivíduo no interior da coletividade e da transmissão, e é nisso que reside a salvação por meio da literatura: é fazer de nós indivíduos entre seres humanos, salvando "duas vezes o que eles conhecem ao transmiti-lo" (Simone de Beauvoir).

Seja qual for a decisão que você tomar quanto ao futuro, nunca perca o que você aprendeu, mas ao contrário, guarde-o duas vezes. E é justamente esse impulso em direção ao coletivo, à vida, ao outro, que vai te salvar também, mais uma vez e sempre. Confio em você.

Com a esperança de te encontrar novamente na universidade ou em qualquer outro lugar.

P.S.: você teria um endereço para onde eu possa enviar alguns livros caso um dia você volte a ter vontade de abrir um? Não quero acreditar que a estudante que eu conheci nunca mais vai voltar a abrir um livro na sua vida.

Astrid Martin-Brigeon

* * *

Demorei um tempo sentada na frente da tela antes de fechá-la sobre o teclado. Havia um barulho no jardim. Saí da sala e fui até a soleira da porta para descobrir de onde ele vinha: e era uma cobra enorme, com uma pele preta e amarela, cuja cabeça redonda avançava ao ar livre. Ela virou suas pupilas para me olhar diretamente nos meus olhos, antes de se embrenhar no muro de heras, em direção ao outro jardim. Estávamos no dia 25 de maio de 2013, e eu finalmente havia conseguido repatriar o corpo do meu pai.

Agradecimentos

ao meu tio Ludovic e às minhas tias Marina e Pascale Guerra
aos meus queridos amigos e companheiros de estrada, Laure Achour, Simon Bentolila, Ivan Guénolé de Baric, Guillaume Richez, Pierre Poligone e Gabriel Boksztejn
à minha editora Madeleine Thompson pelo olhar atento e agudo, pelo interesse, e pela presença.

ESTA OBRA FOI COMPOSTA PELO ACQUA ESTÚDIO EM ELECTRA
E IMPRESSA EM OFSETE PELA GRÁFICA BARTIRA SOBRE PAPEL PÓLEN NATURAL
DA SUZANO S.A. PARA A EDITORA SCHWARCZ EM JUNHO DE 2025

A marca FSC® é a garantia de que a madeira utilizada na fabricação do papel deste livro provém de florestas que foram gerenciadas de maneira ambientalmente correta, socialmente justa e economicamente viável, além de outras fontes de origem controlada.